Nika S. Daveron

Das Chaospferd

NIKA S. DAVERON

DAS CHAOSPFERD

KOSMOS

Umschlaggestaltungen: von Walter Typografie und Grafik, Würzburg
unter Verwendung einer Illustration von Anna-Lena Kühler
Mit Textillustrationen von Anna-Lena Kühler

Unser gesamtes lieferbares Programm und viele
weitere Informationen zu unseren Büchern,
Spielen, Experimentierkästen, DVDs, Autoren und
Aktivitäten findest du unter **kosmos.de**

MIX
Papier aus verantwortungsvollen Quellen
FSC® C083411
FSC www.fsc.org

Gedruckt auf chlorfrei gebleichtem Papier

ISBN 978-3-440-16426-6
Redaktion: Verena Tingler
Produktion: Verena Schmynec
Satz: Satzwerk Huber, Germering
Druck und Bindung: CPI books GmbH, Leck
Printed in Germany / Imprimé en Allemagne

Tagebuch von Romi

23. März

Heute ist mein Geburtstag und das hier ist eins meiner Geschenke: Ein Tagebuch. Das führe ich für mich, um zu sehen, wie ich mich mit Zora entwickeln werde – das war jedenfalls Mamas Idee.

Und Zora ist mein anderes Geburtstagsgeschenk: Ein russisches Warmblut, das sich mindestens für einen Lipizzaner hält. Das behauptet jedenfalls mein Reitlehrer, Herr Albrecht. Sie ist das tollste Geburtstagsgeschenk, das ich je bekommen habe, denn ich habe nicht damit gerechnet, dass ich überhaupt jemals ein Pferd bekomme. Und jetzt habe ich nicht nur irgendein Pferd, sondern mein absolutes Lieblingspferd.

Eigentlich gehörte Zora Herrn Albrecht, der mit ihr gezüchtet hat. Und weil man sie nicht reiten konnte, habe ich mich um sie gekümmert. Zora ist ein bisschen anders als die anderen Pferde und mag Vieles nicht, was Normalopferde mögen. Streicheln zum Beispiel. Sie ist keine Schmusebacke. Eigentlich ist sie sogar ein bisschen wie Herr Albrecht. Ganz lieb – aber nach außen hin eher grummelig. Ich bin zwar bis jetzt noch nie auf ihr geritten, weil sie ja ein Fohlen hatte, aber das stört mich nicht. Ob man ein Pferd mag, merkt man nicht erst beim Reiten, sondern auch schon vorher. Und Zora mochte ich immer.

Meine Eltern haben echt dichtgehalten und ich war total überrascht, als ich sie dastehen sah. Mit einer roten Schleife um den Hals, wie im Film. Gut, im Film fressen die Pferde nicht die Schleife an und es muss auch nicht der Tierarzt kommen, weil wir nicht sicher waren, ob rote Schleifen schädlich für Pferde sind. Sind sie wohl nicht. Wir sollen uns aber melden, wenn Zora sich irgendwie komisch benimmt. Also komischer als sonst.

Jetzt kann ich endlich anfangen, Zora zu reiten. Also nicht nur, weil sie mir gehört, sondern auch, weil man sie jetzt antrainieren darf. Ich freue mich riesig darauf. MEIN eigenes Pferd reiten. Wie das schon klingt! Ich liebe es jetzt schon. Und Zora natürlich auch. Seitdem ich mich um sie kümmere, liege ich meiner Mutter in den Ohren und habe sie bei jeder passenden und unpassenden Gelegenheit daran erinnert, dass ich Zora haben möchte. Das war zwar nicht besonders nett von mir, vor allem nicht in der Phase, als ich mich in den Schränken versteckt habe, um sie spontan anzubrüllen: „Ich möchte Zora zum Geburtstag haben und sonst nichts!" ... Aber es hat gewirkt. Das ist die Hauptsache. Ich hatte das mit meiner Freundin Celine geplant, ... [aber wer hätte schon gedacht, dass es wirklich klappt?]. Wir haben ein

Lied gedichtet, um meine Eltern zu überzeugen, wir haben Schilder an die Haustür geklebt und ein Plakat im Garten aufgehängt. Außerdem habe ich ihnen versichert, dass ich, wenn ich Zora hätte, nur noch gute Noten schreiben würde. Das hat jetzt nicht so gut geklappt, da ich heute meine Englischarbeit mit einer Vier zurückbekommen habe. Aber das zählt ja wohl auch nicht, weil ich Zora noch gar nicht hatte, als wir die Arbeit geschrieben haben. Darum muss ich auch gleich noch ein paar Französischvokabeln lernen, sonst kann ich mein Versprechen niemals halten.

Ich freu mich schon auf morgen! Wenn ich dann nämlich mit dem Fahrrad in den Stall fahre, bin ich kein einfaches Reitschulmädchen mehr, nein, dann habe ich ein Pferd. Hallo, liebe Leute, habt ihr das gehört? Die Romi hat jetzt ein Pferd. Nicht irgendein Pferd, sie hat Zora! Das beste Pferd der Welt (das weiß ich einfach, auch wenn ich vielleicht nicht so viele Vergleichsmöglichkeiten habe). Wir werden das beste Team überhaupt. Hundertpro. Wir werden so eng miteinander sein, dass die Leute denken, wir wären ein Zentaur. Und wenn das erst mal so ist, dann reiten wir Turniere und gewinnen

Preise. Also nicht, dass ein Pokal jetzt superwichtig wäre. Aber die glänzen schon recht schön. Morgen soll erst einmal der Sattler kommen und ich darf mir einen Sattel aussuchen, der Zora gut passt. Sie hatte jetzt länger keinen Sattel mehr, weil sie ja eine Zuchtstute war. Ob sie überhaupt noch Lust auf einen Sattel und eine Reiterin hat? Herr Albrecht unterstützt mich auf jeden Fall, indem er mir weiterhin Reitunterricht gibt und Zora am Anfang auch ein bisschen selbst reitet, um mit ihr zu üben.

Celine war vorhin auch im Stall und hat sich sehr für mich gefreut. Sie sagt, sie hätte mir gerne etwas fürs Pferd geschenkt, aber sie wusste ja nicht, ob unser Plan aufgeht und ich wirklich eins bekomme. Außerdem meinte sie, dass wir schon mal für ihren Geburtstag im Dezember planen müssen, weil sie ja auch ein Pferd haben möchte. Leider passt unser Lied nicht mehr, weil Celine mehr Silben als Romi hat. Cälinäää. Es wäre so cool, wenn sie auch ein eigenes Pferd hätte und ich dann mit ihr ausreiten könnte. Denn sie hat zwar eine Reitbeteiligung an Snoopy, einem Dülmener, aber mit dem darf sie nicht ins Gelände, weil er da sehr schnell wild wird.

Zora hat sich, glaube ich, auch ziemlich darüber gefreut, dass sie jetzt mir gehört. Sie wirkt zwar oft etwas unfreundlich, aber sie stand mit gespitzten Ohren da, als meine Eltern und Opa (sehr schief) „Happy Birthday“ gesungen haben.

Ich finde, wir passen perfekt zusammen. Wir haben die gleiche Frisur (kurz), die gleiche Haar-

farbe (rotbraun) und die gleiche Augenfarbe (dunkelbraun). Ob sie Sommersprossen hat, kann ich nicht sagen, weil das Fell die wahrscheinlich verdeckt. Ich bin mir aber ziemlich sicher, dass sie welche hat. Außerdem hat sie noch eine schmale Blesse, die sehr lustig aussieht. Als hätte sie jemand mit Wasserfarben bemalt. Zora steckte die ganze Zeit ihren Kopf in meine Arme und ließ mich sie sogar ein bisschen streicheln, obwohl sie das ja normalerweise nicht mag. Als würde sie es nur für mich tun. Ich war stolz wie Oskar. Ein paar andere Mädchen im Stall haben getuschelt, weil ich ausgerechnet Zora geschenkt bekommen habe. Zora sei ein komisches Pferd. Ich finde sie aber nicht komischer, als manch andere Pferde. Sie guckt eben nur ab und zu etwas böse. Okay … und sie klaut Essen aus Putzkoffern, die sollte man also weit wegstellen. Letztens hat sie mir einfach so ein Salamibrot weggesnackt.

Langsam muss ich aber wirklich mit Schreiben aufhören, weil meine Mutter schon zum fünften Mal ruft, dass ich meine Französischvokabeln lernen soll.

Je suis Romi, ich habe ein Pferd! Endlich!

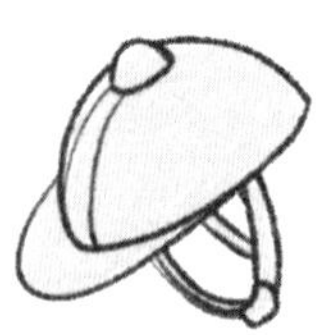

24. März

Mein Vokabeltest war grauenhaft. Wer kann sich denn bitte so viele Wörter merken?

Ich hab es meiner Mutter mal vorsichtshalber gesagt, aber nett verpackt. „Der Vokabeltest war so lala." Das habe ich französisch betont, dann klingt es positiver. Nach den Hausaufgaben bin ich in den Stall gefahren, wo Celine schon auf mich wartete. Sie hatte eine Kühltasche mit Wassereis dabei und reichte mir direkt eins. Es ist nämlich ganz schön warm für Ende März.

„Gehen wir zusammen in die Halle?", fragte sie.

„Kann nicht. Ich muss doch auf den Sattler warten." Das klang so professionell und erwachsen, dass ich mich gleich zwei Köpfe größer fühlte. Also holten wir Zora aus ihrer Paddockbox und führten sie zum Putzplatz. Dort fraß sie mit einem großen Happs mein Wassereis. Da fühlte ich mich gleich wieder zwei Köpfe kleiner und saublöd. Dürfen Pferde Eis? Muss ich nachher unbedingt googeln.

„Ähm ...", machte Celine.

Ja, „Ähm ..." traf es ziemlich genau. Zora schleckte sich jedenfalls zufrieden die Lippen und scharrte mit dem rechten Huf. Klare Sache, sie wollte mehr Eis. „Nee, nee. Kein Wassereis mehr für dich."

Drei Mädchen mit einem sehr schönen Rappen kamen herbei und gingen in die letzte Ecke am Putzplatz. So weit weg von uns wie möglich. „Die reden schlecht über Zora", sagte Celine leise.

„Wieso?"
„Weil die schlimm sind." Das schlimm betonte sie ganz merkwürdig. „Ich würd da ja nichts drauf geben. Die sind nur neidisch, weil du ein Pferd zum Geburtstag bekommen hast und die nicht."
„Sollen sie sich halt auch eins wünschen", antwortete ich.
Celine setzte sich auf meine Putzkiste, schob die Kühltasche beiseite, damit Zora sie nicht auch noch plünderte, und ich begann damit, mein Pferd (ich kann immer noch nicht glauben, dass ich das wirklich schreiben kann) zu putzen.
Die Mädchen, die bei dem schwarzen Wallach standen, guckten die ganze Zeit so komisch zu uns rüber.
Schließlich ließ ich die Kardätsche sinken und fragte das Mädchen mit den blonden Haaren: „Was ist denn?"
Kichernd flitzte sie hinter den Rappen.

„Ich glaub, die schind nich ganz richig im Kopf", nuschelte Celine, mit einem halben Wassereis im Mund, und tippte sich mit der anderen Hand gegen die Stirn.
„Wieso hast'n du DIE gekauft?", fragte eines der Mädchen mit einem blauen Pullover und stellte sich direkt neben das Hinterteil des Wallachs.
„Wieso soll man DIE denn nicht kaufen?", fragte ich genervt.
„Na, die ist doch total bescheuert im Kopf. Und schon mal gar nichts für Anfänger."
Wie bitte? Anfänger? Ich reite schon vier Jahre!

„Und das kannst du beurteilen? So als Anfänger?", stichelte ich zurück.
„Hä? Wieso bin ich denn ein Anfänger?"
„Na ja, du musst einer sein. Nur Anfänger stehen hinter dem Pferd und fuchteln mit den Händen."

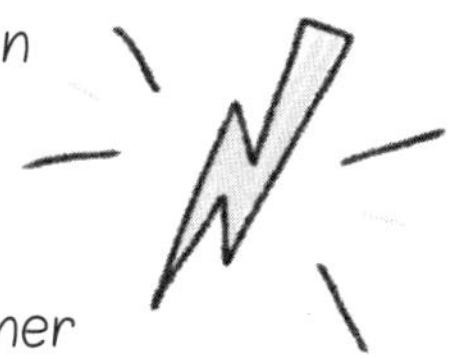

Die mit dem blauen Pullover schnitt eine blöde Fratze und Celine fiel vor Lachen fast von meiner Putzbox. „Denen hast du es aber gegeben."
„Ist doch so", murmelte ich. „Was wollen die von mir? Kann denen doch egal sein, was ich für ein Pferd habe." Selbst wenn ich auf einem Esel reiten würde, würde die das nichts angehen!
Genau in dem Moment als ich das sagte, fand Zora, dass sie jetzt lange genug am Putzplatz gestanden hatte. Sie stemmte die Vorderhufe in den Asphalt und zog an ihrem Strick.
„Hey!", rief ich und versuchte, nach dem Panikhaken zu greifen, den man aufschnappen lassen kann, um das Pferd sofort loszumachen. Doch Zora zerrte nur noch doller und riss ihren Kopf hoch.
Zum Glück kannte ich das schon von ihr. Zora beschloss einfach hin und wieder, dass sie jetzt an einem Ort (und der konnte überall sein), nicht mehr stehen mochte. Und dann hatte man den Salat. Aber Herr Albrecht hatte mir einen tollen Trick gezeigt, den ich gleich ausprobierte. Ich lief also hinter Zora und warf meinen Metallstriegel auf den Boden, direkt hinter ihre Hinterhufe. Zora sprang nach vorn und schnaubte empört. Aber immerhin hörte sie auf, am Strick zu zerren.

Celine war nun vor Schreck tatsächlich von der Putzbox gefallen. Das hatte wiederum zur Folge, dass der Rappe sich erschrak und total aufregte.
Was genau in diesem Moment passierte, weiß ich nicht mehr, aber nur Sekunden später zischte ein Teil eines Panikhakens an mir vorbei, gefolgt von dem Wallach. Und dann die Mädchen, die versuchten, das hysterische Pferd einzufangen. Das war aber bereits im Galopp auf dem Weg zur Weide.
„Ups", sagte ich.
„Ich glaube, die werden nicht mehr unsere Freunde", erwiderte Celine trocken.
„Romi?", hörte ich plötzlich die Stimme von Herrn Albrecht in der Stallgasse. „Hier, komm nach draußen, der Sattler ist da."
Herr Albrecht ist immer ein bisschen mufflig, aber im Grunde ganz lieb. Er wirkt, als wäre er sauer auf einen, aber wenn man ihn näher kennt, weiß man, dass er das gar nicht so meint. Eigentlich ist er sogar super hilfsbereit und total freundlich. Auf seine Art. Wenn er „Was soll das?" fragt, dann klingt das gleich wie eine Anklage. Und wenn er „Mhhmm" macht, ist es ein Lob. Mama fragt immer, wie ich es nur mit ihm aushalte. Aber ich finde ihn großartig. Und Zora auch.
Ich nahm Zora am Halfter und führte sie durch die Stallgasse zurück in den Innenhof. Aus der Ferne hörte ich noch immer die Mädchen rufen: „Portofiiiiiiinoooooo."
Irgendwie hatte ich ein schlechtes Gewissen, auch wenn ich gar nichts dafür konnte.

„Magst du Zora schon mal zu Herrn Albrecht bringen?“, fragte ich Celine, als die Rufe in der Ferne langsam leiser wurden. „Ich helfe denen kurz.“

„Bist du verrückt? Da sind die doch selber schuld dran“, antwortete meine Freundin.

„Ach ... na ja ... ist trotzdem unfair, oder?“

Als ich dann aber zurück zum Putzplatz kam, hatten die Mädchen Portofino schon wieder eingefangen.

„Was willst du denn jetzt?“, meckerte die eine mit dem blauen Pulli.

„Ich wollte nur gucken, ob ihr Hilfe beim Einfangen braucht.“

„Nee, danke. Von dir nicht.“

Ich zuckte mit den Schultern und kehrte wieder zurück in den Innenhof. Dann eben nicht!

Meine Mutter sagt immer: „Wer nicht will, der hat schon.“ Und die hatten offensichtlich. Was auch immer. Vielleicht einen Sonnenstich oder so was. Anders kann ich mir jedenfalls nicht erklären, warum sie so grundlos zickig waren.

Der Sattler war dafür umso netter. Er zeigte mir verschiedene Modelle und als ich mich dann mithilfe von Herrn Albrecht für eines entschied, machte er sogar ein Foto für mich,

damit ich selbst auch mal gucken konnte, wie der Sattel mit mir drauf aussah. Das war das zweite Mal, dass ich überhaupt auf Zora saß, und sie war wirklich lieb. Auch wenn ich nicht geritten bin, sondern sie nur dastand.
Abends zeigte ich meiner Mutter das Bild. Sie hat zwar keine Ahnung, sagte aber trotzdem: „Sehr schön, mein Schatz." Das ist übrigens auch ein sicheres Indiz dafür, dass sie nichts verstanden hat, aber trotzdem ihre Freude darüber zum Ausdruck bringen will, dass ich Spaß habe. So reagiert sie nämlich auch, wenn ich ihr erkläre, dass ich zum ersten Mal Schulterherein richtig geritten bin:
„Mama, ich bin Schulterherein geritten."
„Sehr schön, mein Schatz."
„Weißt du, was das ist?"
„Nein."
„Das ist, wenn das Pferd mit den Vorderhufen in der Bahn ist, aber mit den Hinterhufen auf dem Hufschlag."
„Mhm. Sehr schön, mein Schatz."
Äh, ja … danke, Mama.

26. März

Heute habe ich Zora das erste Mal selbst longiert!
Das hat zur einen Hälfte gut geklappt. Und zur anderen Hälfte hat Zora beschlossen, dass sie longieren blöd findet, und ist spontan durchgestartet. Zora wiegt so circa 650 Kilo und ich noch nicht mal 40. Man kann sich also ausmalen, wer das gewonnen hat: Zora.
Sie schoss davon und Herr Albrecht konnte gerade noch die Hallentür zumachen, bevor sie zur Weide düste.

Die Longe schliff hinter ihr im Dreck her (Danke! Die war neu!) und Zora raste durch die Halle und wieherte.
Herr Albrecht meinte, dass sie wohl etwas zu gut gelaunt wäre, weil die Weidesaison gerade angefangen hat. „Passiert schon mal."
Irgendwie aber immer nur mir, wenn ich mit Zora arbeite. Das finde ich allerdings nicht so schlimm. Ich finde sie toll, so wie sie ist. Ich kann das gar nicht so genau beschreiben, weil ich ja auch nicht genau weiß, warum ich mich zum Beispiel mit Celine angefreundet habe. Manchmal springt einfach der Funke über. Ist ein bisschen wie Verliebtsein. Auch wenn man in Pferde eher nicht verliebt ist.
Als ich fertig war mit Longieren, wollte ich Zora eigentlich noch ein bisschen im Schritt führen, doch Herr Albrecht kam mit meinem Reithelm um die Ecke.

„Aufsteigen“, brummte er.
„Echt jetzt?“ Meine Augen wurden groß.
„Ja, klar. Wird mal Zeit.“
Und ehe ich mich überhaupt darauf einstellen konnte, saß ich schon in Zoras Sattel und musste schnell meinen Helm schließen. Ich trage immer einen Helm. Habe ich Mama versprochen und daran halte ich mich. Vor allem deswegen, weil meine Mutter mir gedroht hat, dass sie Zora sofort zurückgäbe, wenn ich ohne Helm reiten würde.
Da saß ich also nun in meinem neuen Sattel, auf meinem eigenen Pferd, während Herr Albrecht die Zügel entwirrte und sie mir reichte.
„Wir traben erst einmal ein bisschen.“
Ja, und was soll ich sagen, Zora trabte mit mir. Einfach so. Ganz lieb, ganz ruhig. Ein bisschen hat sie geschnauft, weil ihr noch die Kondition fehlt. Ich habe aus Sympathie etwas mit-

geschnauft. Vor allem, weil ich vor Aufregung versehentlich die Luft angehalten habe.
Danach machte Herr Albrecht noch ein Foto von mir auf Zora. Eigentlich wollte ich das an Mama schicken, hab es aber aus Versehen an meinen Klassenlehrer geschickt, weil der mit „Mathelehrer“ eingespeichert ist. Hab's dann doch nur noch an Celine geschickt und von meinem Mathelehrer ein „Aha?“ zurückbekommen. Wahrscheinlich stellt er mir morgen komische Fragen in der Schule. Muss gleich die Nummer löschen, dass das nicht noch mal passiert. Mann, war das peinlich.
Tante Theas Geburtstag war, wie zu erwarten, sehr blöd. Sie hat einen neuen Freund, der Jasper heißt. Mein Onkel hat sich von ihr scheiden lassen und wenn man mich fragt, dann zu Recht. Tante Thea ist zu allen immer super unfreundlich, nur zu Jasper nicht. Noch nicht.
Mir hat sie auch direkt was „Nettes“ gesagt: Ob ich nicht mal endlich dazu beitragen wolle, dass meine Familie ihr Haus bezahlen könne.
Habe ihr gesagt, dass ich zwölf bin und nirgends arbeiten darf, schließlich leben wir nicht mehr 1850, oder wann auch immer sie geboren worden ist, als es noch Kinderarbeit gab. Das kam nicht gut an und ich werde wahrscheinlich doch enterbt. Na, soll sie doch.
Aber genug von meiner Familie.

30. März

Heute habe ich mal wieder das Mädchen mit dem blauen Pulli getroffen. Die mit Portofiiiiino. Sie sagt das übrigens immer genau so. Total übertrieben. Celine meinte, wir sollten Zora demnächst auch nur noch „Zooooora“ rufen.

Immerhin weiß ich jetzt, wie das Mädchen heißt – Ramona. Sie hat sich mir aber nicht vorgestellt, nö. Seit der Sache mit dem Panikhaken, der ihr um die Ohren geflogen ist, ignoriert sie mich nämlich. Ich habe aber mitbekommen, wie eine ihrer Freundinnen den Namen gesagt hat. Ramona kommt nämlich nur im Rudel in den Stall, wie Celine so schön sagt.

Manchmal würde ich auch gern im Rudel kommen, aber ich kriege keins voll.

Es ist nicht schön, wenn Ramona da ist:

Ich bewege mich – sie tuscheln.

Ich bewege mich nicht – sie tuscheln auch.

Zora bewegt sich – sie tuscheln lauter.

Haben die nichts zu tun? Sitzen blöd auf den Sprüngen, die Herr Albrecht am Putzplatz verstaut hat, und glotzen. Es nervt mich, aber ich sage lieber mal nichts.

Heute war es besonders nervig.

Um vier Uhr war ich mit Herrn Albrecht zum Reitunterricht verabredet. Und Ramona hatte das wohl irgendwie gehört, jedenfalls sagte sie ganz laut: „Um vier Uhr ist doch die Anfängerstunde.“

Ja, ist es. Ich reite aber nur in der Anfängerstunde mit, weil Zora noch nicht galoppieren darf, denn sie wird ja gerade erst wieder antrainiert, nachdem sie eine Schonzeit nach dem Fohlen hatte. Das finde ich auch nicht toll, aber das Pferd geht ja vor. Sagt Herr Albrecht auch immer und der hat recht. Also gehe ich eben in die Anfängerstunde. Zora zuliebe.

Zora war am Putzplatz ganz lieb, sie ließ sich die Ohren kraulen und mich in Ruhe putzen. Das ist immerhin schon viel für ihre Verhältnisse, denn sie ist ja kein Schmusepferd. Herr Albrecht meint, dass das auch gar nicht schlimm ist: Pferde wären immer noch große, gefährliche Tiere, und wer was zum streicheln brauche, solle sich ein Meerschweinchen zulegen.

Als ich aufsteigen wollte, rappelte Ramona die ganze Zeit an den Sprüngen herum, was Zora nervös machte. Und vor mir gingen die anderen Reitschüler mit den Schulpferden schon in die Halle. Ich musste mich also beeilen, aber Zora war so irritiert von dem Krach, den Ramona veranstaltete, dass sie rückwärts lief und erst mal mit einem anderen Pferd kollidierte, das gerade um die Ecke geführt wurde. Ich hörte Ramona lachen.

„Pass doch auf!", schimpfte die Besitzerin, deren Pferd nun Zoras Po im Gesicht hatte.

„Ich hab keinen Rückspiegel", erklärte ich sauer.

Zum Glück entschied sich Zora dann dafür, einfach wieder vorwärts zu gehen, und Ramona hörte auch endlich mal mit dem Krach auf. Vielleicht auch nur, weil die andere Pferdebesitzerin schon ganz böse geguckt hatte. Eigentlich hätte ich ihr auch was sagen müssen, aber Celine meint, dass Ramona dadurch nur schlimmer wird. Wenn die nicht bald aufhört, sich so doof zu benehmen, sage ich aber doch was.

In der Reitstunde konnte ich dann aufatmen. Und Zora reiten. Sie ist einfach toll, auch wenn sie noch ein paar Problemchen damit hat, im Trab zu bleiben. Sie wird dann manchmal schneller und langsamer, aber sie bockte nicht, sie war nicht fies zu den anderen Pferden und ich konnte endlich mal richtig reiten. Sie hat sich wirklich bemüht. Es fällt ihr ja bestimmt auch nicht leicht, sich an alles zu erinnern, was sie vor ewigen Zeiten gelernt hat, und ich bin ja auch noch keine Olympiareiterin, die alles kann. Herr Albrecht sagte am Ende: „Wenn es die nächsten Tage auch so gut klappt, galoppieren wir mal."

Na, wenn das nichts ist? Viel besser gelaunt ging ich später mit Zora aus der Halle, wo Ramona dann mit ihrem Portofiiiino (ich glaube, ich habe ein paar Is vergessen) stand und mit ihren Freundinnen kicherte.

Weil ich gute Laune hatte, ignorierte ich sie und freute mich darüber, wie gut wir die Reitstunde gerade hinter uns gebracht hatten. Zora ist eben die Beste. Okay, sie hat beim Rausgehen einen Reithandschuh geklaut, den ich ihr daraufhin

mühevoll aus dem Maul popeln musste. Da der Handschuh aber Ramona gehörte und anschließend total besabbert war, war ich wiederum nicht traurig.
Ach ja, ich habe übrigens meinen Französischtest wiederbekommen. Es war eine 2-. Das ist viel besser, als ich gehofft habe. Mama und Papa waren auch zufrieden und bisher funktioniert mein Vorsatz, für Zora gute Noten zu schreiben, sehr gut. Mal gucken, wie das in Erdkunde klappt. Ich hasse Erdkunde. Wen interessiert es, welche Flüsse es in Südamerika gibt? So spannend ist das doch wirklich nicht.

03. April

Was ein Tag! Im Stall war richtig was los, weil die Springstunden im April wieder starten und natürlich alle mitmachen wollen. Ich darf nicht, da Zora noch nicht fit genug ist. Aber bald möchte ich auch in die Springstunde, damit ich mal zu einem Turnier gehen kann. Ich mag zwar Dressurreiten, aber Springen finde ich spannender. Ein bisschen neidisch auf die anderen war ich also schon. Hätte ich aber nie zugegeben. Nur Celine habe ich es nachher über WhatsApp geschrieben.

Bei Celine geht das in Ordnung, sie ist schließlich meine beste Freundin. Und sie durfte springen!
Darum habe ich heute meine Reitstunde vorverlegt, um Celine zugucken zu können. Herr Albrecht hatte leider keine Zeit, deswegen hatte ich meine Stunde heute bei Isabell. Isabell ist die Schwiegertochter von Herrn Albrecht und sehr nett, aber total chaotisch. Sie vergisst ständig Namen und Gegenstände, und wenn man nicht aufpasst, zieht sie andere Reitstunden vor, weil sie sich nicht merken kann, wer dran war.
Isabell war ganz erstaunt, Zora zu sehen.
„Mensch, die hätte ich ja fast gar nicht erkannt. Sieht gut aus."
Da war ich direkt sehr stolz. Dann hat Zora die Aufsteighilfe mit einem Kick umgetreten und ist einfach losgelaufen. Ich konnte nichts dagegen tun, denn blöderweise hatte ich den Zügel losgelassen. Da war ich dann direkt weniger stolz und musste meinem Pferd hinterherrennen.

Als ich Zora wiederhatte, hatte Isabell dann auch schon vergessen, was überhaupt passiert war, und bat mich aufzusteigen, die Stunde finge doch gleich an. Mein Papa sagt über einen Arbeitskollegen, dass der eine Amöbe sei, weil er sich nicht mal für fünf Sekunden etwas merken kann. Eventuell ist Isabell mit der Amöbe verwandt, denn

sie nannte mich anschließend beständig Jana. Ich kenne keine Jana. Und ich bin mir auch ziemlich sicher, dass in unserem Stall niemand reitet, der Jana heißt.
Dafür durfte ich heute Volten reiten und ein bisschen an Zoras Gleichgewicht feilen. Bei einer Volte macht man einen Kringel in die Bahn hinein und muss dort wieder ankommen, wo man angefangen hat. Das ist wichtig, um die Kontrolle über sein Pferd zu behalten.
„So, dann galoppier doch mal an", meinte Isabell nach einer Weile.

„Aber ich bin noch nicht galoppiert."
„Du bist doch keine Anfängerin mehr, Jana. Hast du nicht letztes Jahr im Sommer die E-Dressur gewonnen?"
Nö. Die hat Tobias gewonnen, der Sohn von Marion. Aber nur knapp vorbei.
„Ich meine, ich kann galoppieren. Aber Zora ist noch nicht galoppiert, seitdem ich sie habe."
„Ach so", machte Isabell. „Na, aber die kann das ja. Mach mal."
„Sicher? Herr Albrecht …"
„Der ist ja gerade nicht da. Also mach. Hier bei mir, auf dem Zirkel. Galoppier in einem kleinen Kreis."
Mir war ziemlich mulmig zumute, als ich danach auf den Zirkel ritt und die Galopphilfe gab. Zora verstand die scheinbar falsch, denn sie warf den Hintern in die Luft, sodass ich auf ihrem Hals landete.
„Und noch mal", rief Isabell fröhlich.
„Hrm …", machte ich.

Beim zweiten Versuch klappte es aber und dann durfte ich mein Pferd endlich mal galoppieren. Zora war schnell wie der Wind. Allerdings vergaß ich etwas zu lenken, nachdem ich so glücklich darüber war, zu galoppieren. Da wurde es dann eine ganze Bahn. Ich ritt einmal komplett an der Bande entlang. Na ja ... ein bisschen Schwund ist immer. Isabell hatte garantiert eh vergessen, was sie vorher angesagt hatte.
„Siehst du", rief sie dann. „Klappt doch. Klopf dein Pferd und dann ist Feierabend."
Feierabend ist Zoras Lieblingswort und ich glaube, das versteht sie wirklich. Wenn sie es hört, lässt sie sofort den Kopf fallen, möchte ganz viel Zügel und schnaubt zufrieden. Dann könnte eine Bombe neben ihr einschlagen, es würde sie nicht interessieren.
Als ich mit Zora später aus der Halle kam, stand Portofiiiino angebunden am Putzplatz, aber von Ramona war weit und breit nichts zu sehen. Dafür von Celine, die mit Saba Queen springen durfte. Das ist das Reitabzeichenpferd des Falkenhofs und bringt jeden durch den Springteil der Prüfung. Sie ist etwas älter, aber kann das alles.
Celine musste Stangen schleppen, genau wie zwei ältere Mädchen, die beide mit in der Springstunde sind.
Als ich Zora zurück auf die Weide gebracht hatte, half ich den dreien, weil Ramona einfach nicht auffindbar war. Irgendwann kam Isabell raus und fragte uns, wo Ramona sei.
„Weiß ich nicht", antwortete Celine wahrheitsgemäß und zucke mit den Schultern.

Isabell seufzte und schimpfte irgendwas vor sich hin, bevor sie in der Stallgasse verschwand.
Die Stangen waren ganz schön schwer, aber wir schleppten alle rein, damit Herr Albrecht uns nachher sagen konnte, wo die Sprünge hinmussten. Als er kam, hatte er Ramona im Gepäck, die ganz beleidigt dreinschaute.
„Romi, du springst doch gar nicht mit", sagte er. „Wer springen kann, kann auch aufbauen." Mit diesen Worten schob er Ramona in die Halle und wartete, bis ich rausgegangen war.

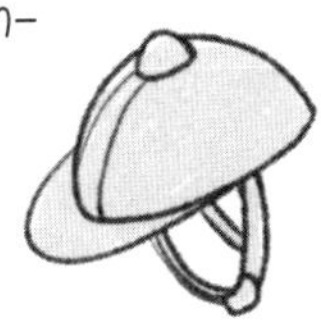

Ich winkte Celine zu und machte Zora eine Portion Mash fertig, bevor ich zur Halle zurückging, wo dann endlich auch mal die Springstunde stattfand. Aber als ich zum Zuschauen dazukam, war schon das totale Chaos ausgebrochen.
Ramona saß weinend auf Portofiiiino und Celine stand ziemlich dreckig neben Saba Queen. Eines der älteren Mädchen saß kopfschüttelnd auf ihrem gescheckten Tinker in der Ecke und die andere trabte als Einzige auf dem Zirkel, während Herr Albrecht schimpfte: „Ramona, du kannst doch nicht einfach im Parcours die Richtung wechseln, wenn dir danach ist. Die Sprünge haben eine Reihenfolge, da kann man nicht einfach rüber, wie es einem gefällt. Und heulen nützt dir jetzt auch nichts. Geh bitte raus, das reicht mir für heute."
Ich hab erst danach erfahren, dass Celine wegen Ramona runtergefallen ist, weil diese plötzlich den Sprung, den Celine nehmen wollte, von der anderen Seite angeritten ist. Saba

Queen hat sich erschreckt und gebremst und Celine ist über ihren Hals geflogen. Noch lacht sie. Morgen hat sie bestimmt Muskelkater und ein paar blaue Flecken.

Trotzdem waren wir uns einig: Dass Ramona heulend aus der Halle musste – das war es wert.

09. April

Momentan dreht sich alles im Stall um Ramona. Aber nicht, weil sie sich beim Springen so blöd benommen hat – nein, sie hat ein neues Pferd. Einfach so. Nicht, weil sie Geburtstag hätte, sondern (und das hat die Besitzerin vom Reiterstübchen gesagt), weil sie genug geheult hat. Vielleicht sollten wir das bei Celines Eltern auch versuchen.

Ramona hat jetzt ein Pferd namens Lady Love, eine Schimmelstute. Beste Abstammung. Das hat sie jedem, der es hören oder auch nicht hören wollte, erzählt. Vorgestern kam Lady Love an.

Die Stute war also die Attraktion des Stalls und ich konnte durch diese Ablenkung in Ruhe Zora longieren, ohne immer Gaffer dabeizuhaben, die auf eine unterhaltsame Katastro-

phe hofften. War vielleicht auch besser so, da Zora heute sehr schlechte Laune hatte und eine Holzplanke aus unserer Longierhalle gebissen hat. Danach musste ich zu Herrn Albrecht und zerknirscht nach Hammer und Nägeln fragen.
Ich konnte ihm auch nicht so ganz erklären, wie das passiert war. Ich habe nur kurz aufs Handy geguckt, danach machte es RATSCH – und Zora hatte das Brett im Maul. Danach nahm ich mir vor, beim Longieren nicht mehr aufs Handy zu gucken. Dabei wollte ich nur gerne ein schönes Foto von Zora machen, aber Fotografieren beim Longieren ist ganz furchtbar schwer, und nächstes Mal frag ich wohl besser Celine. Ich hatte nämlich anschließend einen Drehwurm und ein verwackeltes Foto, das man nicht mal mit Handyfiltern aufpimpen konnte (bei allen scharfen Fotos hatte Zora ein Brett im Maul).
Als ich mit Zora zum Putzplatz kam, stand Ramona dort mit Lady Love, grinste fies und meinte: „Guck mal, mein neues Pferd."
„Hab ich schon gesehen, ist hübsch", antwortete ich freundlich.
„Ja, aber nicht nur hübsch, sie hat beste Abstammung. Die ist von …"
Ich habe mir die Namen nicht gemerkt. Contender oder so. Ehrlich gesagt, hörte ich gar nicht mehr zu, sondern machte es wie

meine Mama. Wenn die etwas nicht interessiert, sagt sie in lockerer Abfolge „Aha“ und „Soso“. „Sehr schön, mein Schatz“, kann man ja nicht zu Ramona sagen.

„Sie ist auf jeden Fall besser gezogen als dein Pferd.“

Hä?

„Damit kann ich später auf richtige Turniere gehen.“

„Was sind denn richtige Turniere?“, fragte ich.

„Na, große.“

Klar. Ramona Heurich – vor ein paar Tagen noch heulend in der Springstunde, morgen bei den Weltreiterspielen.

„Ach so“, sagte ich und band Zora ein bisschen weiter weg an. Zora mag andere Pferde in ihrem direkten Umfeld nicht so gerne und mit Lady Love sollte sie sich besser nicht anlegen. Sonst würde Ramona unausstehlich werden. Also noch unausstehlicher, als sie sowieso schon ist.

Während ich Zora den Longiergurt abnahm, kamen gefühlt dreihundert Leute vorbei, die alle Lady Love bewundern mussten, und schon nach den ersten drei konnte ich den Text auswendig mitsprechen:

„Nein, das ist eine Contender Stute von einer Ladykiller XX Mutter… Ja, die ist bereits L platziert und M vorgestellt. Ach, sie ist ein echter Goldschatz, sie will alles richtig machen.“

Kann ich mir nicht vorstellen, weil Lady Love währenddessen versuchte, sich mit dem Strick zu strangulieren. Obwohl das vielleicht an den Genen von Ladykiller liegt. Sie ist eine Lady

und versucht, sich selbst zu killen. Wahrscheinlich, weil das arme Pferd den Spruch auch nicht mehr hören kann.
„Du“, rief ich zu Ramona rüber, die mich aber gar nicht beachtete. Sie war total auf ihre Bewunderer fixiert.
„Hallo!“, rief ich noch etwas lauter.
Dann wurde es mir zu blöd und bevor Lady Love sich wirklich aufhängen konnte, während Ramona nebenher ein paar Zuhörern die Vorzüge ihrer Stute präsentierte, ließ ich den Panikhaken aufschnappen und nahm die Stute am Kopf.
Da war Ramona dann plötzlich wach.

„Hallo?“, fuhr sie mich an.
„Ja, hallo! Während du gelabert hast, hast du gar nicht gemerkt, dass Lady Love sich fast stranguliert hat“, erklärte ich ihr sauer und ließ das Halfter los, um wieder zurück zu Zora zu gehen, während Ramona hinter mir herschimpfte.
„Du kannst doch nicht einfach die Pferde anderer Leute antatschen, wie es dir passt“, fauchte sie.
„Ich wollte nur helfen“, antwortete ich.
„Ich kann ja verstehen, dass man Lady Love anfassen will, aber das möchte ich nicht.“
Ich rollte mit den Augen, band Zora los, obwohl ich sie nicht sonderlich ausgiebig geputzt hatte, und ging einfach davon. Was für eine blöde Kuh. Die anderen Schimpfwörter schreibe ich besser nicht auf, aber ich habe sie anschließend Celine am Telefon genannt, die ebenfalls empört war. Ramona ist ja so eine dämliche Zicke. Argh!

War meine letzte Woche schon blöd, weil Ramona sich so doof benommen hat, war es heute noch schlimmer, weil die liebe Verwandtschaft eingefallen ist. Das heißt: Ich muss das hässlichste Kleid, das meine Mutter im Schrank findet, und noch saublödere Strumpfhosen anziehen, immer lächeln und Ja sagen. Und Mamas furchtbar trockenen Marmorkuchen kommentarlos runterwürgen, weil sie sonst absolut beleidigt ist.

Opa war da (gut). Opa ist immer nett und hat Verständnis für mich. Außerdem hat er eine Gärtnerei, in der ich immer helfen darf, wenn ich mir Geld dazuverdienen will. Und dann waren da noch Tante Thea und Jasper (nicht gut). Anlass des ganzen Theaters: Jasper hatte Geburtstag. Warum das bei uns daheim gefeiert werden muss, war niemandem klar, aber Papa hat was davon gebrabbelt, dass Tante Thea schlichtweg keine Lust hat, die Familie zu bewirten. Außerdem kann Tante Thea es aus irgendeinem Grund nicht ertragen, dass ich reite und jetzt ein eigenes Pferd habe.

Und es ging schon bei der Begrüßung los.

„Lillie" – (so heißt meine Mutter) – „es stinkt hier drin nach Pferd."

Konnte gar nicht sein, weil ich frisch geduscht war.

„Ach, das sind bestimmt Romis Reitstiefel. Magst du die eben in den Keller räumen?", fragte mich meine Mutter.

Ehe Opa mir seinen Fünf-Euro-Trick (bei dem er mir immer fünf Euro hinterm Ohr herzaubert) vorführen konnte, musste ich also mit meinen Stiefeln, die im Schrank standen, in den

Keller latschen. Danach gab es immerhin dann doch den Fünf-Euro-Trick, für den ich mich artig bedankte.
Anschließend setzten wir uns an den Tisch und mussten Marmorkuchen essen. Mama hatte mit Zuckerguss „Happy Birthday Jasper“ draufgeschrieben und zwischen Papa und mir entbrannte fast ein Streit darüber, wer den Zuckerguss bekommt. Damit schmeckt der Kuchen nämlich nicht mehr ganz so trocken. Blöderweise gewann Jasper, das Geburtstagskind.
„Gehst du denn immer noch reiten, Romi?“, fragte Opa.
„Ich hab doch jetzt ein Pferd. Also ja.“
„Ich finde das mit dem Pferd immer noch keine gute Idee, Lillie“, sagte Tante Thea.
Meine Mutter sah sie verwirrt an. „Warum?“
„Damit wird sie nur ein verwöhntes Kind. Sieh doch meinen Pascal an. Der hat auch kein Pferd und aus dem ist was geworden.“
Pascal wohnt, seitdem er achtzehn ist, nicht mehr zu Hause und sieht Tante Thea nur alle zwei Wochen, weil er bei der Bundeswehr ist. Ich weiß auch, warum …
„Ich finde nicht, dass das verwöhnen ist. Sie lernt damit Verantwortung und geht einem sportlichen Hobby nach“, schaltete sich mein Vater ein.
„Sportlich ist das doch nicht, sie sitzt doch nur auf dem Hintern. Davon bekommt man einen dicken Po. Das Pferd macht doch die ganze Arbeit.“
Bäh, wie ich diese Diskussion hasse. Mein Sportlehrer sagt das auch immer. Komisch, dass ich die Einzige in meiner Klas-

se bin, die keine Probleme mit dem Ausdauerlauf hat. Oder mit Turnen. Nur bei Ballspielen bin ich schlecht, aber das hat nichts mit Reiten zu tun, sondern mit der Tatsache, dass ich Ballspiele hasse. Ich erschrecke mich immer vor dem Ball.

„Können wir mal über was anderes sprechen?“, fragte ich, wurde aber wie immer ignoriert.

Opa sah zwar zu mir rüber, aber Thea musste weiter referieren. Gefühlt drei Stunden. Dass die Kinder heutzutage ja gar keine Werte mehr hätten und dass ein Pferd doch viel zu teuer sei und was mal aus mir werden solle, wenn ich es erst gewöhnt sei, dass meine Eltern so viel Geld für mich ausgeben.

Irgendwann ging ich einfach aufs Gäste-WC und blieb da, bis der blöde Besuch verschwunden war.

Warum muss Tante Thea eigentlich ständig übers Pferd meckern? Geht die doch nichts an.

Als endlich alle weg waren, klopfte mein Vater an die Gäste-WC-Tür, weil er mal musste.

„Können wir Tante Thea bitte nicht mehr einladen?“, fragte ich.

Mein Vater seufzte. „Würde ich ja gern. Aber das macht man nicht.“

19. April

Zora ist unausstehlich. Und ich kam deswegen mit einer richtig dicken Beule aus dem Stall. Aber von vorn. Meine Mutter sagt immer: „Romi, von vorn erzählen, sonst versteh ich kein Wort."
Heute auf dem Reiterhof wollte ich Zora von der Weide holen, um sie zu putzen. Aber dazu kam es erst gar nicht. Denn: Zora kam nicht mit. Sie blieb, wo sie war, mitten auf der Weide, ließ sich weder scheuchen noch führen, und weil ich allein dort stand, wusste sie auch ganz genau, dass ich ihr gar nichts konnte. Das sagt Herr Albrecht auch immer. Das Pferd darf nicht verstehen, dass es größer und stärker ist, weil es sonst immer gewinnt.
Nun, Zora wusste in diesem Moment genau, dass sie stärker ist, und hat das voll ausgenutzt. Sie wollte nämlich lieber bei Daddy Cool, ihrem Kumpel, auf der Weide bleiben. Das ist eins der wenigen Pferde, die sie mag, und sie wollte ihn nur ungern verlassen. Ich versuchte, mich groß zu machen, um Zora zu signalisieren, dass ich es ernst meine – aber nö. Am liebsten hätte ich jemanden gefragt, ob er mir helfen könne, aber seit Ramona so viel Unsinn über mich erzählt, traue ich mich das nicht mehr so richtig.
Außerdem wollte ich es selbst schaffen, denn unsere Bindung muss schon noch ein bisschen enger werden, wenn ich will, dass die Leute das mit dem Zentaur sagen.

Also bin ich zurück zum Stall gelaufen, habe meinen Eimer mit den Leckerlies geholt und bin dann wieder auf die Weide. Da stand Zora schon am Zaun. „Blöde Kuh", sagte ich halblaut zu ihr und öffnete das Tor.

Manchmal ist sie echt gemein, aber als ich dann gerade den Strick an ihrem Halfter befestigte, schmiegte sie sich an mich und ich konnte ihr nicht mehr böse sein. Ich streichelte ihre Stirn, schwang den Eimer und … BOING. Zora schubste mich einfach nach vorn. Mir fiel der Eimer aus der Hand und das Weidetor knallte mir gegen den Kopf, als es zurückschwang. Und Zora? Als ich meine Hand vor Schmerz gegen die Stirn presste und langsam keine Sternchen mehr vor meinen Augen tanzten, sah ich, wie sie einen Huf auf den Eimer stellte, sodass der Deckel aufploppte und sie erst mal in aller Seelen-

ruhe viel zu viele Leckerlies fraß. Dumm ist die ja nicht, sie weiß, wie man so was öffnet.
Als ich nach ihrem Strick greifen wollte, war Zora aber schneller als ich und rannte davon. Ich rappelte mich auf, rannte mit dem halbleeren Eimer hinterher und wollte mein Pferd wieder einsammeln, das jetzt total entspannt neben dem Heulager stand und dort weiternaschte.
Dummerweise kam in diesem Moment Isabell vorbei: „Was ist denn mit dir passiert? Romi, du hast ja ein totales Ei auf der Stirn!"
Sie nahm Zoras Strick und kam dann direkt zu mir, um meine Beule zu befühlen. Die ist übrigens jetzt schön lila und ich werde morgen als das letzte Einhorn zur Schule gehen. Leider ist Karneval vorbei.
Mir fehlten die Worte und sie nahm Zora einfach mit und stellte sie in ihre Box, während ich nur hinterherlaufen konnte. Unterwegs kamen wir an mehreren Leuten vorbei, die die Szene beobachteten. Was müssen die wohl gedacht haben? Guck, da kommt die Romi, die kann nicht mal ihr Pferd führen, das müssen andere machen?
Warum muss das manchmal so schwer mit Zora sein? Ich will doch nur, dass wir cool miteinander sind, und ich mit ihr reiten! Vielleicht auch mal ein Turnier. Das ist zumindest mein Ziel.

24. April

So, jetzt ist es amtlich, Zora ist blöd. Nicht nur wegen neulich auf der Weide. Auch Herr Albrecht hat das heute nach meiner Reitstunde behauptet. Zora hat nämlich plötzlich beschlossen, nicht mehr am Hallentor vorbeizugehen, und jedes Mal ein riesiges Theater gemacht, nur um dort nicht hinzumüssen.
„Das gibt's doch gar nicht", rief Herr Albrecht. „So eine blöde Kuh!" Danach hat er sich bei mir dafür entschuldigt, aber ich musste ihm ein bisschen recht geben, weil es so albern war. Das Tor ist ja nicht erst seit gestern da, sondern schon immer, und sie ist die erste Viertelstunde anstandslos daran vorbeigegangen. Manchmal frage ich mich echt, was in ihrem Kopf abgeht. Herr Albrecht bat mich abzusteigen und sie genau vor das Tor zu stellen, wo sie dann stehenbleiben musste, bis es uns allen zu doof wurde.
Als ich vor dem Tor stand, hat er mich aber trotzdem für meine Fortschritte gelobt, und ich war zufrieden. So lange bis Zora versuchte, mal wieder abzuhauen. Diesmal war ich aber so klug und hielt mich dabei an der Bande fest. Ich wiege für Zora ja praktisch nichts und wenn sie mich hinterherschleifen möchte, kann sie das jederzeit tun. Aber diesmal hat sie es nicht geschafft. Yeah, ein kleiner Erfolg!
Herr Albrecht meinte, nachdem Zora wieder stand: „Das hat sie sich hoffentlich gemerkt."
Sie hat sich danach auf jeden Fall eine Weile die Lippen ge-

leckt und ich habe gelesen, das machen Pferde, wenn sie nachdenken. Also hat sie zumindest darüber nachgedacht, dass es dieses Mal nicht geklappt hat. Fragt sich nur, wie lang das anhält.
Es ist komisch, dass ich Zora trotzdem nie böse sein kann. Häufig bin ich ja auch mit daran schuld. Wenn ich nicht gut aufpasse, wie mit dem Handy letztens. Oder wenn ich nicht merke, dass sie Unsinn ausheckt. Wie soll ich da auf mein Pferd sauer sein, wenn ich selbst auch gar nicht perfekt bin?

Als ich sie zum Putzplatz brachte und absattelte, wartete dort mal wieder meine liebste Freundin Ramona. Mit Lady Love, die totales Theater veranstaltete, als ich Zora die Trense abnahm und das Halfter überzog.
„Kannst du das nicht etwas leiser machen?", schimpfte Ramona.
„Nein?!" Wie soll man denn noch leiser abtrensen?

„Du bist so rücksichtslos", rief sie theatralisch.
Als wäre ich mit einer Blaskapelle einmarschiert und hätte die Tuba neben ihrem Pferd gespielt. So ein Quatsch. Ich brachte also meine Trense zum Spind (ganz normal laut), da schimpfte Ramona schon wieder, als ich zurückkam.
„Machst du das absichtlich?"
„Was?"
„Na, das Geklimper. Du siehst doch, dass Lady Love nervös ist." Ich musste an die unzähligen Male denken, die sie absichtlich Lärm gemacht hatte, um Zora zu verunsichern …

„Dann musst du mal Schrecktraining machen", gab ich zurück.
Vielleicht war ich etwas fies, aber ich bin ja nicht blöd. Ich habe schon mitbekommen, dass Ramona nach meinem Weidetorunfall jedem erzählt hat, dass ich nicht mit Zora klarkomme. Immerhin kann ICH mein Pferd anbinden und muss nicht alle bitten, eine Schweigeminute einzulegen, während ich mein Pferd putze. Und es stimmt auch – ich mache ja auch Schrecktraining mit Zora. Das nützt nur nicht zwingend was, denn mein Pferd hat nicht unbedingt Angst vor etwas. Mehr so ... keine Lust. Aber das muss Ramona ja nicht wissen.
Ich stellte meine Putzkiste hin, damit ich die Schweißspuren aus Zoras Fell kämmen konnte, da war Ramona schon wieder sauer.
„Ich sage Herrn Albrecht, dass du überhaupt keine Rücksicht nimmst!"
„Worauf denn? Ich habe nur meinen Putzkoffer hingestellt. Der ist aus Plastik, nicht aus Porzellan, und verursacht auch kein halbes Erdbeben. Was willst du überhaupt von mir?"
„Dass du mal Rücksicht nimmst!"
Wow. Ramona klang wie eine kaputte Schallplatte. Bestimmt ist ihr das als Einziges eingefallen, um Streit mit mir anzuzetteln.
„Ich putze hier nur kurz und bin gleich weg", erklärte ich. „Ich will überhaupt niemanden stören. Aber mein Pferd putze ich so, wie ich das möchte."

„Das nützt auch nichts", meinte Ramona. „Besser wird Zora davon auch nicht."
„Immerhin kann man sie anbinden, ohne dass sie einen Herzinfarkt kriegt, auch wenn Leute nebendran ihre Pferde versorgen", antwortete ich eisig.
Als Herr Albrecht den Putzplatz betrat, traute sich Ramona plötzlich nicht mehr, irgendwas Fieses zu sagen. Sie ist so feige und macht das immer nur dann, wenn der Stallbesitzer nicht in Hörweite ist. Damit er denkt, dass sie ein Liebchen ist. So lautet zumindest Celines Theorie.
Apropos – die habe ich gleich, als ich wieder zu Hause war, angeschrieben, um ihr von Ramona zu erzählen. Ich bekam eine Sprachnachricht zurück: „Die hat sie doch nicht mehr alle. Gestern in meiner Springstunde war die auch nur am Stänkern."
Ich frage mich ja, was Ramona für ein Problem hat. Viele Leute sagen dann ja gerne: Neid. Aber sie hat zwei Pferde. Die sind vermutlich auch teurer als Zora gewesen. Was also will sie von mir? Wahrscheinlich wird sie auch mehr Schleifen in ihrem Leben sammeln als ich. Warum möchte sie dann unbedingt gegen mich stänkern? Wie bekommt man so was raus? Und wen fragt man da?

28. April

Celine und ich saßen heute die meiste Zeit im Reiterstübchen, wo es Essen und Trinken gibt, weil es draußen so stürmte. Laura, die Besitzerin des Reiterstübchens und von allen immer nur „Die gute Seele“ genannt, meinte dazu: „Der April macht, was er will.“

Was Celine und ich sehr uncool fanden, denn eigentlich wollten wir draußen auf dem Platz reiten und nicht machen, was der April möchte. Laura neckte uns und nannte uns Schönwetterreiter.

Laura ist nämlich Distanzreiterin und geht bei jedem Wetter raus, weil ihre Turniere komplett draußen stattfinden. Aber wenn sie einen ärgert, dann weiß man, dass das spaßig gemeint ist. Sie hat das breiteste Lächeln der Welt, ein rundes Gesicht und freundliche Augen. Sie ist nie schlecht gelaunt. Letztens ist ihr die Hose im Schritt gerissen, als sie sich nach ein paar Gläsern gebückt hat, und im Stübchen haben alle gelacht. Laura am allerlautesten. Darum beneide ich sie echt. Ich bin zwar nicht empfindlich, aber seitdem Ramona so viel Unsinn über mich erzählt, fällt es mir manchmal schwerer, da drüberzustehen.

Als das Wetter sich nicht besserte, bestellten wir uns Brötchen.
So saßen wir am Fenster und guckten in die Reithalle, wo Ramona Lady Love gerade longierte und noch zwei andere Reiterinnen unterwegs waren.
„Kennst du die Stute schon?", fragte Celine Laura.
„Die ist von Ramona, oder?", erwiderte Laura im Vorbeigehen, weil sie noch einen anderen Tisch bedienen musste.
„Ja, genau."
„Wäre nicht mein Pferd", meinte sie, weshalb Celine und ich sie gleich noch lieber mochten. Endlich mal jemand, der nicht sofort in Lobpreisungen ausbrach, sobald man Lady Love erwähnte. Ich finde sie eigentlich nur nervös. Wahrscheinlich kann sie auch gar nichts dafür, denn es ist ja meistens der Reiter, der das Pferd nervös macht. Außerdem ist Lady Love noch recht neu hier und vermutlich hat sie sich noch nicht eingelebt.

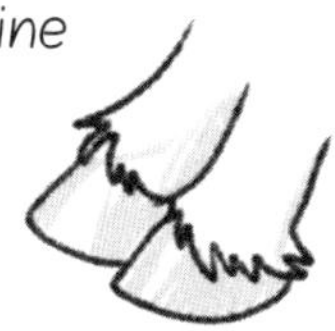

Oder... Lady Love kennt noch kein Longieren. Sah jedenfalls vom Stübchen her so aus. Mehr wie ein Brummkreisel, und Ramona hatte sie kein bisschen im Griff.
Was in der Halle gesprochen wurde, konnten Celine und ich natürlich nicht hören, aber eine der beiden Reiterinnen musste sich beschwert haben, denn Ramona hielt Lady Love an und gestikulierte wild, und die andere gestikulierte noch wilder und schließlich stieg sie sogar ab und fuchtelte vor Ramonas Nase herum. Anscheinend hatten auch noch andere ein Problem mit ihr.

Celine und ich konnten nicht mehr an uns halten, wir fingen an zu kichern. Bis ... ja, bis Laura plötzlich hinter uns stand: „Was ist denn so lustig?"
„Hihi ... Ramona ...", japste Celine und hielt sich den Bauch vor Lachen, während ich ebenfalls immer noch kicherte.
Da war Lauras Lächeln plötzlich verschwunden und sie selbst gar nicht mehr so nett: „Was wird das denn?", fragte sie uns. „Lästereien kann ich nicht ausstehen."
Ich hörte sofort auf zu kichern, weil ich empört war.
„Ramona redet ständig schlecht über mich, kann immer alles besser und weiß alles besser. Da kann ich doch auch mal lachen."
„Wenn ihr das doch beide so schlimm findet, warum lasst ihr euch dann auf ihr Niveau runter?", meinte Laura.
Das saß. Celine und ich waren schlagartig still. Nee, wie Ramona wollten wir wirklich nicht sein, wie wir uns nachher im Auto von Celines Mutter versicherten.

02. Mai

Ich bin heute gesprungen! Na ja, ein minibisschen nur, aber es war toll. Dabei fing alles gar nicht so gut an. Das Wetter war mies, es hat mal wieder gestürmt (obwohl nicht mehr April ist) und die Pferde waren total nervös, weil die Pappeln ständig von außen gegen das Hallendach klatschten. Zora ließ sich von den anderen Pferden anstecken und so hatte ich eigentlich nur ein Rodeopferd, mit dem ich irgendwann aus der Halle verbannt wurde: „Damit die Kinderreitstunde keine Kinderbeerdigung wird", wie Isabell mir verklickerte. Menno, ich wollte doch üben.

So stand ich dann etwas verloren herum, bis ich in die andere Halle gehen konnte. Allerdings musste ich warten, weil dort nicht mehr als sechs Pferde gleichzeitig reindürfen. Da bin ich dann noch etwas Schritt geritten und habe mich von dem Gedanken verabschiedet, heute noch etwas Produktives zu machen. Doch dann sah ich die Cavalettis auf dem Boden liegen. Als keiner geschaut hat, habe ich sie heimlich mit Zora getestet. Stangen mag sie, glaube ich. Sie hob artig die Beine und hat wirklich gut aufgepasst. Vielleicht ist sie ja ein Springpferd. Ich selbst bin erst ein paar Mal mit den Schulpferden gesprungen, aber ich würde gern mal wieder. Vielleicht kann ich Herrn Albrecht in ein paar Monaten fragen, ob ich an einem Springtraining teilnehmen darf. Ich finde Springen total spannend und würde gern mal ein Turnier reiten. Da ist ein bisschen mehr los als in der Dressur. Aber Herr Albrecht sagt immer: „Erst muss die Dressur stimmen, dann geht es in den Parcours". Ich schlage meiner Mutter mal vor, an einem Lehrgang für den Basiskurs teilzunehmen. Und wenn ich den hab, dann kann ich auch endlich einen Springkurs machen.

20. Mai

Ich habe mir gestern Gedanken gemacht und dann eine Liste mit meinen Zielen geschrieben. Weil ich doch Springreiterin werden will, das weiß ich jetzt sicher. Dafür braucht man aber erst mal den Basispass. Damit man ein Reitabzeichen machen kann. Und dann kann man auch springen.
Als ich meine Mutter fragte, ob ich den Basispass machen darf, musste ich allerdings erst einmal erklären, was das ist.
„Wie ein Führerschein für Pferde", behauptete ich.
„Aber du kannst doch reiten", meinte sie. „Wieso brauchst du dann so einen Pass?"
„Na, weil man danach das Reitabzeichen machen kann", erklärte ich ihr. „Damit ich auch an Turnieren teilnehmen kann. In den höheren Klassen."

Es schienen Fragezeichen über ihrem Kopf zu schweben.
„Hm", meinte meine Mutter. „Vielleicht zu Weihnachten. Was kostet das denn, so ein Basispass?"
Zu Weihnachten? Das ist viel zu spät!
„Ich glaube, so 120 Euro."
„120 Euro sind sehr viel Geld, auch für Weihnachten", behauptete sie grübelnd.
Ja, sicher ist das viel Geld. Aber wenn meine Verwandten einfach zusammenlegen und mir nur das schenken, wäre es für jeden nicht so viel. Also, wieso nicht? Besser, als wenn sie mir schon wieder hässliche Strickpullis kaufen, die ich sowieso nie trage.
Vielleicht könnte ich noch mal Geld verdienen, indem ich bei Opa in der Gärtnerei helfe. Dann brauche ich nicht bis Weihnachten zu warten und bin auch nicht davon abhängig, was meine Familie mir schenkt.
Ich darf bei Opa in der Gärtnerei die Blumen gießen oder im Geschäft die Sträuße arrangieren. Vorletztes Jahr hat Celine auch bei Opa ausgeholfen und wir hatten richtig viel Spaß. Ich werde es Mama und Opa mal vorschlagen, und dann kann ich vielleicht doch schon ganz bald meinen Basispass machen.

06. Juni

Mann, ist das heiß momentan! In der Halle war es nicht auszuhalten. Deswegen habe ich mich gestern auch einem Ausritt angeschlossen. Ich bin nur drei Runden drinnen geritten und war nass geschwitzt. Zora auch. Also hat Isabell gemeint, sie holt sich jetzt schnell Avenger und dann gehen wir raus.

Avenger ist Isabells Pferd und ganz brav, weswegen ich die beiden auch gerne mit Zora begleitet habe. Nach mir hatte noch eine Frau Reitstunde, die auch mitkam. Wenn ein liebes Pferd dabei ist, ist Zora auch lieb, wenn ein hysterisches Pferd dabei ist, macht sie mit. Sie passt sich immer den anderen an und nervt dann gegebenenfalls tüchtig. So nach dem Motto: Ich muss noch einen draufsetzen. Manchmal ist sie eine kleine Terroristin. Das Pferd von der anderen Frau, ein Schulpferd, war etwas aufgeregt, aber weil Avenger so ruhig ist, enstpannte es sich auch.

Als wir in den Wald kamen, wurde es gleich viel angenehmer und kühler.

Isabell fragte uns, ob wir zum Abkühlen in den Teich wollten.

„Kommen wir denn da wieder raus?“, fragte die Frau zum Glück, denn ich traute mich nicht, Isabell zu widersprechen. Isabell hat sehr gerne recht und weil sie sowieso immer alles vergisst, wird sie dann immer ganz wuschig.

„Klar“, meinte sie und bog mit uns ins Unterholz ab, wo ein kleiner Pfad zum Teich hinunterführte.
Erstaunlicherweise störte es Zora überhaupt nicht, als wir einen kleinen Wasserlauf erreichten. Sie hob nur die Beine ein bisschen höher und schnaubte empört, als das Wasser gegen ihren Bauch spritzte. Aber offenbar fand sie es doch ganz angenehm. Ihre Ohren wackelten fröhlich und sie wirkte entspannt. Was für ein toller Ausritt!
„Da ist es! Die beste Stelle“, rief Isabell freudig und trabte plötzlich davon. Wir anderen zwei hatten alle Mühe, ihr zu folgen, weil das Schulpferd und Zora nicht so schnell traben können wie Avenger.
Als wir durch das hohe Gestrüpp kamen, stand Isabell bereits mitten im Wasser und Avenger patschte schon mit dem Vorderbein darin herum. Zora machte einen großen Satz über die Böschung, stolperte in den Teich, blieb dann aber ruhig stehen und senkte den Kopf, um ein bisschen von dem Wasser zu trinken. Nur das Schulpferd wollte nicht so richtig. Erst als Avenger und Zora ein Stück durch das Wasser planschten, traute es sich dazu. Allerdings nur ganz am Rand, während Isabell und ich eine Runde durch den niedrigen Teich ritten und ich mich tierisch freute, weil Zora so lieb war. Manchmal ist sie wirklich die Beste. Das ist sie zwar auch, wenn sie frech ist, aber trotzdem, an manchen Tagen ist sie noch BESSER.

Auf dem Rückweg trabten wir sogar ein Stück und Zora war entspannt, schnaubte, trabte am langen

Zügel und ich grinste wie ein Clown, den ganzen Heimweg über. Wenn sie weiter so gut mitmacht, kann ich vielleicht mal richtig ausreiten, nicht nur unter Aufsicht.

Als wir wieder im Stall ankamen, schickte ich Celine gleich ein Selfie von Zora und mir, wie wir völlig zufrieden und ein bisschen nass auf dem Putzplatz standen.

Celine schrieb gleich zurück: „Wer ist denn der Typ im Hintergrund?" Verwirrt starrte ich aufs Handy, um das Bild noch mal anzuschauen, weil ich mich fragte, welchen Typen sie bitteschön meinte, als ich hinter mir ein „Hallo!" hörte. Ich steckte das Handy schnell weg und drehte mich um.

Vor mir stand ein Junge mit Strubbelhaar.

„Ich bin Simon."

„Romi", sagte ich und wir gaben uns die Hand.

„Ist das dein Pferd?"

Ich nickte. „Habe ich von Herrn Albrecht gekauft."

„Ach, ist das Zora?"

Anscheinend war mein Blick eher skeptisch, denn er sagte schnell: „Ach so, Herr Albrecht ist mein Opa. Zora sieht richtig klasse aus. Habe sie gar nicht erkannt, jetzt wo sie keinen dicken Bauch mehr hat."

Ich war sehr geschmeichelt, als ich das hörte, weil es ja auch ein bisschen mein Verdienst ist (aller-

dings sagte ich Simon nicht, dass ja sein Opa Zora sehr viel geritten ist).
„Ich bin sie früher auch mal geritten, bevor sie ihr letztes Fohlen bekam."
„Ah", machte ich, weil ich keine Ahnung hatte, was man darauf antworten konnte.
„Und ihr kommt gut klar? Die ist ja manchmal etwas eigen."
„Ja, alles super." Mann, das klang doof. Als wollte ich gar nicht mit ihm reden. Dabei ist Simon sehr nett. Finde ich jedenfalls.
Er streichelte Zora den Hals und sagte dann: „Wollen wir mal zusammen ausreiten?"
Ich war ein bisschen verdattert und nickte und presste noch ein „Klaro!" aus mir raus.
„Super, in den Ferien bin ich auf jeden Fall da! Bis dann!" Er winkte zum Abschied.
Ich schickte Celine gleich eine Nachricht und fragte, ob sie Simon kannte, aber die war genauso erstaunt wie ich.
„Ich wusste nicht mal, dass Herr Albrecht einen Enkel hat", meinte sie und schickte gleich eine Sprachnachricht hinterher: „Findest du ihn süß? Wie alt ist der? Wie ist er so? Und hat er blaue Augen? Ich find Jungs mit blauen Augen süß."
Ich musste kichern, als ich die Nachricht abhörte.
Es war mittlerweile recht spät und die Sonne brannte nicht mehr so doll. Ich entließ Zora deswegen auf die Weide.
Auch wenn Isabell immer alles vergisst und durcheinanderbringt: Ihre Ausritte sind auf jeden Fall super. Und die mit Simon bestimmt auch.

10. Juni

Aua und Autsch. Ich bin vom Pferd gefallen. Und das richtig unsanft. Jetzt habe ich überdehnte Bänder im Fuß und darf nicht rumlaufen. Was auch bedeutet, dass ich nicht mehr in den Stall darf, bis es abgeheilt ist. Zwei Monate lang! Wie soll ich das aushalten?

Und eigentlich war das alles Ramonas Schuld. Aber von vorn: Heute bin ich nach der Reitstunde ohne Sattel auf dem Platz trockengeritten. Es ging ein schöner Wind, die Bäume spendeten Schatten und ich war total zufrieden. Dann kam Ramona und fing kommentarlos an, Portofiiiino zu longieren. Der drehte aber total durch, weil hinter uns ein Traktor herumfuhr, mit dem die Boxen ausgemistet wurden. Zora hat zum Glück keine Angst vor dem Traktor (sie hat immer nur Angst vor total harmlosen Sachen: Bäumen, Steinen – grundsätzlich allem, was sich nicht bewegt und eigentlich immer da ist).

Zora ließ sich auch nicht von Portofiiiinos Aufregung anstecken. Ramona schien einige Schwierigkeiten mit ihm zu haben. Auch wenn es Zicken-Ramona war, blieb ich trotzdem stehen und fragte: „Könntest du vielleicht bitte in die Longierhalle gehen? Dafür ist sie ja da."

Das entsprach der Wahrheit und man darf eigentlich auch nur dort longieren. Heißt ja nicht zum Spaß Longierhalle.

„Da kann ich jetzt nicht hin", meinte Ramona und scheuchte

Portofiiiino weiter mit der Peitsche. Was hätte ich darauf sagen sollen? Ich beschloss, sie zu ignorieren.
Doch als Portofiiiino das nächste Mal nahe des Holzzauns vorbeikam, der den Platz eingrenzte, passierte es. Ich kann mich nur noch an die ersten Sekunden erinnern. Den Rest hat mir Celine erzählt, die dazukam, als Zora bereits bockte.
Portofiiiino galoppierte jedenfalls los, Ramona konnte ihn kaum halten und dann schlug er mit den Hinterbeinen gegen die Platzbegrenzung. Das schepperte richtig laut und Zora bekam einen riesen Schreck. Sie raste los. Mit mir hinten drauf, ohne Sattel. Mir blieb nichts anderes übrig, als mich an Mähne und Zügel zu klammern. Vielleicht wäre auch gar nichts passiert, hätte Ramona nicht noch das Longierseil losgelassen. Portofiiiino raste auf mich zu und stoppte nur haarbreit vor Zora, die sich blitzschnell umdrehte, nach ihm auskeilte und mich damit über ihren Hals beförderte. Dabei muss ich wohl über die Bande gefallen sein, auch wenn ich mich daran nicht mehr erinnern kann.
Meine Erinnerung setzt erst wieder ab dem Moment ein, als ich neben dem Platz zu mir kam, dort saß und mein Fuß abscheulich wehtat.
Zora lief aufgescheucht umher und versuchte, Portofiiiino abzuwehren, und von Ramona war weit und breit nichts zu sehen.
„Romi!", brüllte Celine und half mir beim Aufstehen.
Mit dem rechten Fuß konnte ich nicht mehr auftreten. Es tat so weh, dass ich mich wieder hinsetzen musste, weil mir ganz schlecht wurde.

Celine wurde bleich. „Ich geh Hilfe holen", rief sie und eilte in die Stallgasse.
Zum Glück kam Laura aus dem Stübchen dann dazu. Sie holte mich aus dem Gebüsch und setzte mich erst mal auf die Bank, bevor sie Zora einfing. Ramona war immer noch nirgends zu sehen, während Portofiiiino ganz verloren am Tor stand und vermutlich nach seinem Frauchen Ausschau hielt.

„Was tut denn weh?", fragte Celine bang, als sie wieder da war. Ich konnte gar nichts antworten, weil ich das Gefühl hatte, ich müsste mich sofort übergeben, wenn ich nur den Mund aufmachte.
Herr Albrecht kam auch dazu, als noch eine Frau Portofino einfing und Ramona suchen ging, die echt einfach abgehauen war. Was ist verkehrt mit der? Celine rief meine Mutter an, die mich sofort abholte und mit mir ins Krankenhaus fuhr.
Jetzt sitze ich hier zu Hause und habe einen fürchterlich schmerzenden Fuß mit einer Schiene dran und schlecht ist mir auch immer noch. Der Arzt hat gesagt, dass ich eine leichte Gehirnerschütterung habe, weil ich wohl mit dem Helm auf die Stange der Platzbegrenzung geknallt bin. Celine hat mir schon zehn WhatsApp-Nachrichten mit „Gute Besserung" geschickt. Aber mir ist das alles total unangenehm. Und wer ist mal wieder schuld? Die blöde Ramona. Warum hat sie nicht, wie alle anderen, den Longierzirkel benutzt? Ist doch kein Wunder, dass Zora sich aufregt, wenn da ein Pferd auf dem Platz total durchdreht.

Das ist doch so unfair. Alles lief so gut mit Zora, wir hatten so einen schönen Ausritt und waren gerade dabei, richtige Fortschritte zu machen, und jetzt muss ich ewig pausieren und bestimmt ist Zora dann wieder unausstehlich, weil ich ihr fremd bin. Ich will aber, dass mein Pferd mit mir zusammen Spaß hat. Ich musste am Anfang so oft mit ihr kämpfen und jetzt ist alles schon viel besser geworden. Bei Opa aushelfen kann ich so auch nicht. Oder meinen Basispass machen. Oder mein Reitabzeichen. Vom Turnier ganz zu schweigen.

Meine Mutter hat ungefähr schon siebzehn Mal nach mir geguckt, hat mir Kuchen und einen Cheeseburger hochgebracht, aber ich habe keinen Hunger. Mir ist schlecht und ich bin traurig. Wieso musste das ausgerechnet jetzt passieren? Krücken habe ich übrigens auch bekommen, aber ich kann damit überhaupt nicht umgehen und versuche deswegen, sie erst gar nicht zu benutzen. So was Blödes. Ich habe keine Ahnung, wer sich jetzt um mein Pferd kümmern soll. Darüber habe ich bisher noch gar nicht nachgedacht. Normalerweise ist man aber auch höchstens mal eine Woche krank, nicht plötzlich zwei Monate, wie der Arzt mir vorhin prophezeit hat. Ich muss einfach trotzdem zu Zora gehen. Wer soll sich denn sonst um sie kümmern?

Ich habe mir vorgenommen, das nachher mit Mama und Papa zu klären. Hoffentlich erlauben sie, dass ich in den Stall darf.

15. Juni

Wenigstens ist jetzt alles geklärt, auch wenn mich das ziemlich traurig macht. Herr Albrecht wird sich um Zora kümmern, solange ich nicht in den Stall kann. Das beruhigt mich, weil ich weiß, dass Herr Albrecht gut mit ihr umgeht und versteht, dass sie nicht nur eine blöde Ziege ist, die allen was Schlechtes will. Sie ist eben manchmal etwas speziell. Auch Celine hat versprochen, dass sie nach Zora schaut und sie hin und wieder putzt und für mich fotografiert, damit ich sie nicht vergesse. „Als ob ich mein Pferd vergesse", meinte ich daraufhin, aber Celine hat nur einen grinsenden Smiley mit „Spaß!" geschickt. Aber auch wenn ich sie nicht vergesse, vermissen werde ich sie sehr.

Ich weiß überhaupt nichts mit mir anzufangen. Zu Hause sein, ist ja eigentlich ganz nett, vor allem, weil meine Eltern arbeiten. Aber wenn man gar nicht laufen kann, dann sitzt man nur blöd vor dem Fernseher und da kommt vormittags irgendwie nur Schrott. Wenn ich wirklich zwei Monate nicht raus darf, dann gehen mir garantiert die DVDs aus. So viele habe ich nämlich nicht. Und außerdem kenne ich auch die meisten Filme schon.

Also habe ich mich irgendwann hingesetzt und versucht, ein Bild von Zora zu malen, dabei aber festgestellt, dass ich total unbegabt bin und Zora aussah, wie ein dicker Elefant ohne

Rüssel. Außerdem war sie auch gar nicht mehr richtig rotbraun, weil ich keinen Buntstift mit passender Farbe hatte, sondern mehr so Ocker. Den ockerfarbenen Elefanten habe ich schließlich in meinen Papierkorb geworfen und mich dann aufs Musikhören verlegt. Aber das war auch nichts, weil mein Musikabo abgelaufen ist.

Also saß ich beleidigt in meinem Zimmer herum und schmollte. Wer ist auch so doof und fällt im Sommer vom Pferd? Bald sind Sommerferien! Da könnte ich die tollsten Dinge machen. Aber nein, ich zerre mir ein paar Bänder und muss mich damit begnügen, dass ich nur ockerfarbene Buntstifte habe und in meinem Zimmer sitzen muss.

Ich saß also die ganze Zeit in meinem Zimmer und malte mir aus, was ich heute alles mit Zora hätte machen können. Reitunterricht. Oder ein Ausritt! Den Ausritt mit Herrn Albrechts Enkel Simon konnte ich mir dann jetzt auch erst mal in die Haare schmieren. Darauf hatte ich mich irgendwie schon gefreut. Hab ich erwähnt, dass Simon sehr nett ist?

Gegen Abend rief Celine an, die heute Reitunterricht gehabt hatte, und erzählte mir dann erst mal die schlechten Neuigkeiten.

„Ramona erzählt überall herum, dass du zu blöd warst, dein Pferd zu halten und deswegen runtergefallen bist."

Ich glaubte, mich verhört zu haben. „Das ist doch ihre Schuld gewesen! Sie wollte einfach nicht auf den Longierzirkel. Ich habe sie extra gebeten. Und ihren Portofiiiino hatte SIE nicht unter Kontrolle. Zora hat sich vor ihm erschreckt."

„Wem sagst du das?“, meinte Celine. „Aber sie erzählt es nun einmal herum. Wahrscheinlich, damit sie keine Standpauke bekommt.“
„Das ist so eine blöde Kuh“, antwortete ich so laut und empört, dass meine Mutter den Kopf durch die Tür steckte und „ROMI!“ rief.
„Sie ist doch einfach abgehauen“, fuhr ich etwas leiser, aber nicht weniger wütend fort. „Sie hat nicht mal versucht, ihr Pferd einzufangen. Oder nach mir zu gucken. Es hätte ja auch gerade niemand da sein können, der mir hilft, außer ihr.“
„Ich weiß. Habe ich auch direkt gesagt. Danach war Ramona wenigstens still. Aber sie hat vorher mit Helga gesprochen, und du weißt ja, wie die ist.“
Oh, ja … In unserem Stall weiß auch jeder, WER Helga ist. Die, die alles herumerzählt. Gefragt oder ungefragt. Wenn man etwas wissen will, geht man zu Helga. Vom Wetter über Liebschaften bis hin zu Scheidungen, Pferdeverkäufen, Lästereien – Helga weiß einfach alles. Und wenn nicht, erfindet sie etwas. Wenn Helga weiß, dass ich von Zora gefallen bin, weiß es der ganze Stall und die gesamte Stadt, in der Helga wohnt (allerdings weiß ich nicht, wo Helga wohnt). Außerdem dichtet sie gerne was dazu. Wenn ich also das nächste Mal in den Stall komme, wurde ich vermutlich von einem Panzer angefahren, den mein Pferd in Russland per Teleshopping bestellt hat. Ungefähr auf diesem Niveau befinden sich Helgas Geschichten.
Nachdem ich mich von Celine verabschiedet hatte, humpelte ich zum Abendessen.

„Hast du noch Schmerzen?“, fragte meine Mutter.
„Nein. Mich ärgert nur, was im Stall herumerzählt wird.“
„Und was ist das?“
Als ich meiner Mutter jedoch von Ramona erzählte und der Tatsache, dass sie überall herumposaunt, dass ich mit Zora nicht klarkäme, lachte die nur. „Ach, das ist doch nur Neid. Weil du ein Pferd hast.“

„Sie hat zwei.“
„Oh.“
Ja, richtig: Oh! Ramona ist nicht neidisch. Die hat nur Spaß daran, mich zu nerven. Dabei habe ich ihr gar nichts getan. Ja gut, ich war nicht nett zu ihr. Aber ich habe nicht damit angefangen. Ich war sogar noch so freundlich, ihr anzubieten, Portofiiiino einzufangen, als er sich am Putzplatz so erschreckt hatte und entwischt war.
„Ach Romi, mach dir doch nichts draus. Du kannst doch jetzt in nächster Zeit sowieso nicht in den Stall. Da kann es dir doch ganz egal sein, was sie erzählt.“
Mütter verstehen übrigens manchmal gar nichts.
„Außerdem muss ich sagen, dass ich auch ins Grübeln gekommen bin. Du hast Zora erst seit ein paar Monaten und jetzt bist du schon verletzt. Vielleicht ist sie nicht das richtige Pferd für dich.“
Ich spürte sofort, wie Panik und Wut in mir aufstiegen.
„Was?“, schnappte ich verständnislos. „Das kann doch mal passieren. Herr Albrecht sagt, wer nicht runterfällt, ist auch kein richtiger Reiter!“

„Ich möchte trotzdem nicht, dass meine Tochter sich bei ihrem Hobby verletzt", sagte meine Mutter lauter.
Ich sagte gar nichts mehr und stocherte nur im Essen herum. Was denkt sie denn? Nur, weil ich mal vom Pferd falle, muss man das böse Tier verkaufen? Ich hätte ja auch einfach über meine Füße fallen können. Oder die Treppe runter. Da hätte ich mir genauso die Bänder dehnen können. Das ist überhaupt nicht fair. Ich werde Zora nie und nimmer hergeben!
Hoffentlich war das nicht ihr Ernst.

23. Juni

Ich hatte in den letzten Tagen überhaupt keine Lust, in mein Tagebuch zu schreiben, weil mir nichts Spannendes passiert ist. Ich saß vor dem Fernseher, bis ich viereckige Augen bekam, habe noch fünf Mal versucht, Zora zu malen (jetzt habe ich andere Farben als Ocker – meine Mutter hat mir Stifte gekauft), und eins der Bilder ist sogar so schön geworden, dass ich es mit in den Stall nehmen werde, um es an ihre Box zu hängen.
Allerdings durfte ich immer noch nicht in den Stall. Das hat mir meine Mutter strikt verboten. Sie sagte, solange ich nicht

zur Schule gehe, darf ich auch nicht in den Stall. Ich würde ja dafür auch zur Schule gehen, aber sie lässt mich einfach nicht. Das ist doch albern.

Zum Glück gibt es noch meinen Opa. Der kam heute vorbei und meinte: „Komm, Romi, wir fahren zu deinem Pferd."

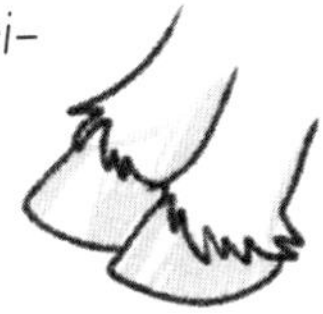

„Aber ich darf doch gar nicht."

„Das sagen wir deiner Mutter ja nicht."

Mannomann, Opa ist echt der Beste. Also fuhren wir heimlich in Opas klapprigem BMW zum Stall und ich humpelte zu Zoras Weide, wo sie in der Sonne stand und Gras futterte.

Im Stall war kein Mensch, vermutlich, weil wir zur Mittagszeit kamen und da eh nie was los ist. Also sah mich niemand und es nervte mich auch niemand.

Wir hatten einen Apfel dabei und Zora kam sogar zum Zaun, um mir Hallo zu sagen. Allerdings nahm sie nur ihr Leckerli und lief dann quietschend davon. Ich habe den Verdacht, dass sie beleidigt ist, weil ich die letzten Wochen nicht da war. Das tut mir leid, aber ich kann mich schlecht aufs Fahrrad schwingen und einfach hinfahren. Oh Mann, wieder ihre Zuneigung zu bekommen, wird bestimmt schwer werden.

Trotzdem habe ich mich durch das Tor gequetscht und ein Selfie mit Zora gemacht, die zum Glück dann doch noch mal stehengeblieben ist. Ihr Weidepartner kam auch direkt dazu und schnüffelte an meinen Krücken, die ihm aber etwas Angst machten, denn er ist gleich nach dem Foto davongelaufen.

Als Opa mich den Weg von der Weide zum Auto zurückführte, konnte ich sehen, wie Zora am Tor stand und mir eine Weile nachguckte.
Da hatte ich wenigstens das Gefühl, dass sie mich auch ein bisschen vermisst. Sie schien zu fragen: „Warum nimmst du mich nicht mit? Machen wir heute nichts?“ Das tat mir furchtbar leid, aber ich hätte ja nichts mit ihr unternehmen können.
Opa stupste mich an. „Was sagst du zu einem Eisbecher?“
„Super!“
„Dann gehen wir nachher zur Eisdiele. Aber denk dran – nichts deiner Mutter verraten.“
„Ehrenwort.“
Wenig später saßen wir bei Georgio's und futterten jeder ein großes Spaghettieis, bis wir Bauchschmerzen bekamen. Ist wohl was dran, wenn Mama immer sagt, dass man zu Eis keine Limo trinken soll. Zu spät.

Als Opa mich heimbrachte, stand mein Papa in der Tür und fragte, wo ich gewesen sei. Opa behauptete todernst, wir wären nur auf dem Friedhof gewesen, um die Blumen bei Omas Grab zu gießen. Danach zwinkerte er mir zu, und als Papa reinging, raunte Opa: „Wenn man so was sagt, glaubt keiner, dass man lügt.“
Ich musste lachen und humpelte rein.

07. Juli

Ja, ich gebe zu: Ich hatte keine Lust, in mein Tagebuch zu schreiben. Jetzt sind Ferien und ich kann nicht mal mit ins Schwimmbad (obwohl es sehr heiß ist), wegen der Schiene, und das nervt. Zu Zora durfte ich offiziell auch nur einmal (mit Opa war ich aber heimlich schon viermal da, hehe), um Herrn Albrecht beim Reiten zuzusehen. Zora lief richtig klasse und Herr Albrecht hat mich auch sehr gelobt, dass ich sie sehr schön hinbekommen hätte. Leider hörte das meine Mutter nicht, weil die nicht mitgekommen war. Nur Papa. Meine Mutter sagt nämlich seit ein paar Tagen immer mal wieder so Sachen wie: „Hättest du das Pferd nicht, könntest du jetzt schwimmen gehen“, wenn ich mal mäkelig werde. Das ist totaler Unsinn, weil ich am glücklichsten bin, wenn ich was mit Zora mache. Sie hat mich ja nicht absichtlich runtergeworfen. Hätte ich kein Pferd, wäre ich definitiv viel unglücklicher. Zum Glück hat meine Mutter aber nichts mehr darüber gesagt, dass Zora vielleicht nicht das richtige Pferd für mich sei. Und ich werde das sicher auch nicht noch mal bei ihr ansprechen. Meinem Fuß geht es immer besser. Ich war sogar ein paar Mal bei Celine und wir haben Filmabend gemacht und ein Karaoke-Spiel gespielt. Jetzt ist Celine allerdings im Urlaub in Griechenland und ich sitze einsam hier herum und langweile mich. Den geplanten Urlaub haben Mama und Papa abgesagt, wegen meiner Krücken.

Shirin aus meiner Klasse ist die einzige, die mich sonst besucht hat. Reiten verbindet eben. Sie hat mir von ihrer Reitbeteiligung erzählt, die sie jetzt hat, und Fotos gezeigt.
Außerdem kennt sie auch Ramona.
„Ramona? Das ist doch die, die letztens bei uns aufm Turnier ohne Bewertung rausgegangen ist."
„Ach?" ich zog eine Augenbraue hoch und merkte, wie etwas Schadenfreude in mir aufstieg.
„Ja, klar. Ihr Pferd ist aus dem Viereck gerannt, da bekommt man keine Note."
Ich lachte darüber. Ja, ist böse, weiß ich. Aber nachdem ich Ramona so viel Käse zu verdanken habe, finde ich, hat sie diesen Ritt verdient. Ätsch. Hab's auch direkt Celine per WhatsApp geschrieben.
„Wir könnten ja mal ausreiten, wenn du wieder fit bist", sagte Shirin. „Wie lang dauert das denn noch?"

„Keine Ahnung. Ich war beim Arzt und der sagt, dass es gut heilt. Vielleicht kann ich in zwei Wochen die Schiene weglassen. Das wäre toll, es juckt alles darunter und mein Fuß fühlt sich ganz wabbelig an."
„Ich hatte mal den Arm gebrochen, aber im Winter. Unterm Gips war es trotzdem total warm. Aber dann machen wir eben in den Herbstferien was. Dann kann Celine auch mit."
Stimmt. Das kommt auf meine Zieleliste. Lustiger Ausritt NUR mit Freundinnen. Hoffentlich bevor wir 18 sind. Ich bin noch nie allein mit meinen Freundinnen ausgeritten. Immer nur mit vernünftigen Erwachsenen.

06. August

Juhu! Die blöde Schiene ist ab und ich kann wieder ganz normal gehen. Gut, ein bisschen wackelig, aber ich habe mich bereits gestern in meine Reitstiefel gequetscht und hab meine Mutter bequatscht, mich zum Stall zu fahren. Allerdings tat sie das nur unter der Bedingung, dass ich auf keinen Fall reiten dürfe. Hatte ich nicht mal vor, denn irgendwie fühlt sich mein Fuß immer noch wie Gummi an. Obwohl ich bei so einer schnarchigen Krankengymnastin war, die die ganze Zeit nur so Sachen gesagt hat wie: „Und jetzt vorwärts. Zurück. Dehnen. Sehr schööööön." Als würde sie mit Pferden sprechen. Dass sie mir nicht noch Leckerlies gegeben hat, war auch echt alles.

Egal. Ich durfte in den Stall. Und da war ich auch. Von morgens früh, bis abends spät. Es war so schön, Zora endlich wiederzusehen, dass ich gar nicht von ihr wegwollte. Eventuell hat es sie etwas genervt, dass ich die ganze Zeit da war und sie angeschaut habe. Aber zuerst hat sie sich auch gefreut. Sie hat mir zugewiehert, was sie nur ganz selten macht, und danach hat sie mich bestimmt fünf Minuten beschnüffelt, als wäre sie nicht sicher, ob wirklich ich neben ihr stehe. Total süß.

Herr Albrecht hat sich auch sehr gefreut, dass ich wieder in den Stall kommen konnte. „Na? Wann willst du reiten?", war seine erste Frage an mich.

„Ich darf eigentlich erst nächste Woche." Stimmt nicht ganz, der Arzt hat gesagt, WENN nächste Woche alles gut aussieht, DANN dürfte ich wieder reiten.
Herr Albrecht fragte mich, ob er Zora reiten solle oder ob ich sie longieren wolle. Ich bat ihn, sie noch mal zu reiten, weil es immer viel toller aussieht, wenn Herr Albrecht reitet. Der macht das ja auch schon etwas länger als ich. Er ist sogar Richter bei Turnieren. Wenn Zora bei ihm nicht schön läuft, läuft sie bei niemandem schön.
Ich half Herrn Albrecht übereifrig und sattelte und trenste Zora (mit neuem Stirnband, das ich mir von meinem Taschengeld gekauft habe). Sie rollte aber schon mit den Augen und legte die Ohren an. Vermutlich, weil ich viel zu aufgeregt war, sie endlich wiederzusehen. Isabell war auch in der Halle und begrüßte mich: „Ach, Cheyenne, dich habe ich ja ewig nicht gesehen."
Ich korrigierte sie nicht, weil sie es bis zum nächsten Treffen eh vergessen hat. Immerhin weiß sie, dass ich die Besitzerin von Zora bin. Pferdenamen sind das Einzige, das Isabell sich merken kann.
„Warst du schlimm verletzt?", fragte sie mich.

„Bänderdehnung."
„Oh, aua", meinte Isabell und ritt dann weiter.
Während ich zuschaute, wie Zora mit Herrn Albrecht herumdüste, kamen ungefähr noch fünfhundert andere Leute an der Halle vorbei, die mich auch alle fragten, was ich gehabt hätte. Irgendwann konnte ich das Wort Bänderdehnung nicht mehr

sagen, weil ich es so oft ausgesprochen hatte, dass es irgendwie seinen Sinn verloren hat.
„Ich hab viel Galopparbeit mit ihr gemacht", erklärte Herr Albrecht und zeigte mir, dass Zora jetzt auch einen einfachen Galoppwechsel artig mitmachte.
„Und gefällt sie dir so?", fragte mich Herr Albrecht später.
„Ja, sieht toll aus", antwortete ich und war megastolz.
„Möchtest du schon mal trockenreiten oder doch lieber bis nächste Woche warten?" Er sah mich verschwörerisch an.
„Oh ..." Ich wollte eigentlich nichts lieber als Ersteres. Aber irgendwie auch nicht. „Nein, meine Mutter erlaubt das noch nicht", behauptete ich.
Dabei hätte sie das ja nie mitbekommen. Keine Ahnung, warum das einfach aus meinem Mund kam. Es erschien mir wie eine sehr passende Ausrede. Ist das nicht dämlich? Warum brauche ich eine Ausrede? Ich wollte doch die ganze Zeit nichts anderes, als mein Pferd reiten. Und jetzt konnte ich das heimlich und wollte es nicht?
Ich blieb also sitzen, sah zu, wie Herr Albrecht Zora trockenritt und wartete stumm und grübelte. Und dann kam auch noch Ramona.
„Bist du also wieder da?"
Eigentlich wollte ich ihr ordentlich die Meinung geigen, aber ich war so abgelenkt davon, dass ich noch nicht reiten wollte, also nickte ich nur. Was ist denn das auch für eine blöde Frage, wenn doch jemand ganz offensichtlich vor einem sitzt?

„Aha", machte Ramona und ging dann wieder. Ich will gar nicht wissen, was sie alles für einen Käse über mich erzählt hat, während ich nicht da war und Celine auch nicht. Hat sich bestimmt total super gefühlt. Aber sie weiß ja nicht, dass ich von ihrem grandiosen Scheitern auf dem Turnier bei Shirins Stall weiß. Ätsch.

07. August

Heute war ich wieder im Stall. Celine kommt morgen wieder aus Griechenland zurück, aber was ich heute und gestern erlebt habe, behalte ich lieber für mich. Es ist mir irgendwie so peinlich, dass ich nicht mal ihr davon erzählen will.
Herr Albrecht fragte mich auch heute wieder, ob ich Zora nicht trockenreiten wolle, und ich verneinte wieder. Obwohl ich schon aufgestanden war und hingehen wollte. Aber als ich darüber nachdachte … ja, da bekam ich plötzlich Angst. Was, wenn ich noch mal runterfalle? Das ist total albern, ich bin ja auch nicht das erste Mal vom Pferd gefallen. Von den Schulpferden bin ich früher auch runtergefallen und das hat mich nie gestört. Von Paco sogar dreimal in einer Stunde, als draußen ein Sturm getobt hat. Ich bin immer wieder aufgestiegen und Herr Alb-

recht hat mich am Ende sehr gelobt, weil ich so mutig war und immer weitergeritten bin. Aber heute war ich gar nicht mutig. Eher peinlich berührt. Wie albern ist das bitte? Da habe ich ein Pferd, das ich immer ganz toll fand, egal was die anderen gesagt haben, und nun habe ich plötzlich Angst? Das ergibt überhaupt keinen Sinn. Ich liebe Zora. Und sie hat das auch gar nicht absichtlich gemacht. Trotzdem musste ich daran denken, dass ich mir nicht noch mal wehtun will.

Was, wenn ich runterfalle und mir mal was breche? Wie lang dauert es, bis das wieder zusammenwächst? Bestimmt viel länger als eine Bänderdehnung. Herr Albrecht sah mich jedenfalls ganz komisch an, sagte aber nichts, sondern ritt Zora einfach trocken, bevor er mir die Zügel in die Hand drückte und meinte: „Lass sie sich ruhig noch mal wälzen. Es ist doch so warm, der juckt bestimmt das Fell."

Ich blieb dann allein in der Halle zurück, wo ich die Tür schloss und Zora den Sattel und die Trense abnahm und sie sich wälzen ließ. Zora wirkte sehr angetan davon, sie grummelte und brummelte zufrieden, während sie sich im Sand suhlte, und ich grübelte und ärgerte mich über mich selbst.

Traurig nahm ich Zora anschließend mit und brachte sie zurück auf die Weide. Es war ja noch mitten am Tag und sie steht fast Tag und Nacht draußen. Herr Albrecht sagt immer, dass Pferde genügend Auslauf haben müssen, und auch wenn er leider keinen Offenstall hat, so öffnet er doch die Sommerweide, auf der die Pferde auch nachts bleiben dürfen.

Zora ging artig neben mir her. Sie wartete sogar, bis ich sie umgedreht und den Strick losgemacht hatte. Ein paar Mal ist sie mir nämlich mit dem Strick abgehauen und wollte sich danach nicht mehr anfassen lassen, deswegen stand sie auch schon mal einen Tag mit Strick auf der Weide.

Ich gab ihr ein Leckerchen, aber sie blieb stehen. Als wollte sie mir sagen: „Was ist denn mit dir verkehrt? Warum willst du nicht reiten?"

Ich blieb eine Weile mit ihr stehen, streichelte sie und dachte nach. Ich dachte eigentlich, dass nur Zora lernen muss, mir zu vertrauen, aber anscheinend gilt das auch andersrum. Ich musste tief seufzen. Das war schon ein Rückschlag.

Morgen werde ich reiten. Wenn Herr Albrecht mich noch mal fragt, dann sage ich „JAAAA" und mache es auch. Ich bin kein Baby. Ich kann reiten, sogar schwierigere Pferde. Und normalerweise longiert Ramona ihr Pferd ja auch nicht neben mir. Also, was zum Teufel ist daran so schwer?

Nach ein paar Minuten ging Zora und ich trottete langsam über die Weide zurück in den Stall.

10. August

Ich fahre nie wieder in den Stall! Ich habe mich heute so schlimm blamiert, dass ich gar nicht weiß, wie ich diese Peinlichkeit überstehen soll.

Celine und ich wollten heute zugucken, wie Herr Albrecht Zora reitet. Und ich wollte natürlich selbst reiten. Ich hatte es mir fest vorgenommen und Zora auch versprochen. Herr Albrecht saß bereits im Sattel und übte mit Zora Travers, eine richtig schwere Übung. Zora war wirklich gut. Celine war auch ganz begeistert.

„Du bist aber spät dran heute", meinte Herr Albrecht. „Ich bin ja fast schon fertig mit Zora."

„Ich weiß, sorry. Das ist meine Schuld." Celine hob entschuldigend die Hand. „Meine Mutter musste noch zur Post." Sie fummelte schon am Verschluss ihres Reithelms rum und drehte sich im Weglaufen zu mir um. „Ich gehe Snoopy holen, dann reiten wir gleich zusammen trocken Schritt, ja?"

In meinem Bauch kribbelte es. Ich wartete geduldig, bis Herr Albrecht mit Zora fertig war und mir wieder die alles entscheidende Frage stellte. Und ich sagte: „JAA!" Es war wohl etwas zu laut und plötzlich, denn Herr Albrecht zuckte kurz erschrocken zusammen. Mann, war ich aufgeregt.

Meine Beine fühlten sich an wie Pudding, als Herr Albrecht abstieg und ich zu Zora ging, um aufzusitzen.

Er hielt Zora gut fest und es gab keinen Grund, sich zu fürchten, aber ich hatte trotzdem Angst, als ich nach dem Steigbügel griff.

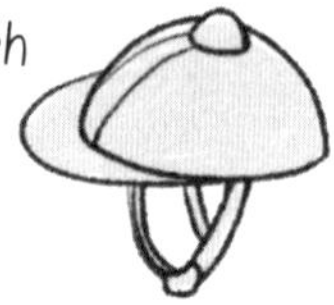

„Dein Helm?“, fragte er mich.
„Oh.“
„Geh ihn schnell holen. Du weißt, Minderjährige dürfen bei uns im Stall nicht ohne Helm reiten. Nachher schimpft deine Mutter mit mir und das möchte ich nicht.“
Also lief ich zurück zu meinem Spind, um den Helm zu holen. Irgendwie erleichtert über den Aufschub.
Wieder in der Halle angekommen, stellte ich mich neben Zora und griff nach dem Steigbügel und dem Zügelende. Und blieb erst mal blöd stehen. Keinen Zentimeter bewegte ich mich. Ich konnte mich einfach nicht überwinden, das Bein hochzuschwingen.
„Brauchst du Hilfe?“, fragte Herr Albrecht. „Tut der Fuß noch weh? Falls ja, lassen wir das lieber. Du sollst dich nicht noch mal verletzen.“
„Nee, geht schon“, antwortete ich ganz leise, weil ich Angst hatte, sofort losheulen zu müssen, wenn ich ein bisschen lauter sprach.
Herr Albrecht hielt mir seinen Arm hin, damit er mir Aufsteighilfe geben konnte, und ich schwang mich dann mit mulmigem Gefühl in den Sattel. Als ich die Füße in die Steigbügel steckte, musste ich erst mal tief durchatmen. Aber ich hatte es geschafft. Zora drehte ihren Kopf zurück und sah mich an. Als wollte sie sagen: „Da bist du ja wieder.“

Zora ging los, als ich die Zügel annahm, und nach ein paar Schritten fühlte ich mich besser. Doch als Celine in die Halle kam, wurde Zora komisch. Sie starrte Snoopy an und wollte ihm plötzlich unbedingt hinterherlaufen. Als ich die Zügel aufnahm, schüttelte sie sich und drohte mir damit, dass sie gleich buckeln würde.

„Was hat sie denn?", fragte Celine.

„Weiß ich doch nicht." Meine Stimme klang gar nicht wie meine eigene, eher wie die von Tante Thea.

Ich wollte Zora von Snoopy wegdirigieren, weil sie ihm schon so auf die Pelle gerückt war, da klappte unsere Hallentür auf und sie machte einen Satz nach vorn. Panisch zog ich an den Zügeln und Zoras Hufe krachten gegen die Holzbande, was Snoopy erschreckte.

„Was macht ihr denn da?", brüllte Herr Albrecht vom Hallentor, das er öffnete, um Ramona reinzulassen. Ausgerechnet die!

„Entschuldigung", rief Celine für mich. Zora quietschte und trabte an. Ich musste mich total in die Zügel hängen, damit sie nicht einfach losrannte, und es tat mir auch echt leid, weil ich dachte, dass es ihr sicherlich auch unangenehm war, aber sie war so hitzig. Hätte ich sie losgelassen, wäre sie sicher abgedüst wie ein Blitz.

Ehe Ramona jedoch überhaupt in die Halle kommen konnte, fand Zora plötzlich, dass sie VIEL zu weit von Snoopy entfernt war, und raste los, auf das arme Pony zu. Celine konnte ihn gerade noch wegziehen, während Zora steigend gegen die gegenüberliegende Bande rumste.

Ich hatte das Gefühl, dass meine Finger schon in den Gebissringen hingen, so fest zog ich an ihrem Halfter. In der Sekunde, als Zora wieder alle vier Hufe auf dem Boden hatte, sprang ich ab und fing zitternd an zu weinen. Ich konnte überhaupt nichts dagegen machen, es passierte einfach. Dabei bin ich normalerweise keine Heulsuse.

„Ist alles in Ordnung, Romi?", fragte mich Celine.
Nein, gar nichts ist in Ordnung. Ich habe Angst vor meinem eigenen Pferd. Und mich unsäglich vor Ramona blamiert.

13. August

Ich war jetzt schon zwei Tage nicht im Stall, was sogar meiner Mama aufgefallen ist.
„Möchtest du nicht mehr reiten?", fragte sie.
„Doch", antwortete ich einsilbig.
Sie würde sowieso nicht verstehen, was passiert ist, weil sie keine Ahnung von Pferden hat. Oder davon, wie es im Reitstall manchmal so abgeht.
Celine hat mich auch schon dreimal angerufen, aber ich bin nicht rangegangen, weil mir das Ganze auch vor ihr peinlich war. Auch wenn sie meine beste Freundin ist.

Natürlich fehlt mir Zora. Sie ist schließlich mein Pferd und ich hab sie lieb. Aber gleichzeitig habe ich auch Angst vor ihr. Klingt das komisch?
Mein Handy klingelte später zum vierten Mal und ich nahm meinen Mut zusammen und ging ran. Es war aber gar nicht Celine, sondern Herr Albrecht an Celines Handy.
„Kommst du heute nicht?“, fragte er mich.
„Ich habe niemanden, der mich fährt“, log ich.
„Laura ist gerade bei euch um die Ecke. Die nimmt dich mit“, antwortete er, keinen Widerspruch duldend. „Du musst heute mal wieder reiten, sonst kriegen wir dich nie mehr aufs Pferd.“
„Hm“, machte ich.
Nein, eigentlich wollte ich das nicht. Ich wollte auch nicht in den Stall, wo bestimmt Ramona lauerte. Aber ich traute mich auch nicht, Herrn Albrecht zu widersprechen, denn er kann ein ziemlich strenger Reitlehrer sein. Sein Motto: „Wenn du nicht machst, was ich sage, kann ich dir auch nichts beibringen.“
„Ja, okay. Wann ist Laura denn da?“, fragte ich.
„Ich sage ihr jetzt Bescheid“, antwortete Herr Albrecht und legte auf.
Mir blieb also gar nichts anderes übrig, als mich von Laura abholen zu lassen, die garantiert nicht bei uns in der Nähe gewesen war, denn es dauerte ziemlich lang, bis es an der Tür klingelte.

Auf der Fahrt sprach sie über das Wetter und darüber, dass sie neue Eissorten im Stübchen hätte, aber sie ließ sich nicht anmerken, dass Herr Albrecht sie geschickt hatte.

Im Stall verabschiedete sie sich dann schnell und ließ mich allein.
An der Halle angekommen, sah ich schon über die Bande und die Mauer hinweg Zoras gespitzte Ohren. Sie wieherte und blieb stehen, bis Herr Albrecht sie weitertrieb. Den erkannte ich an seiner Opamütze. Er hat so eine typische Trainermütze aus England, auf die er besonders stolz ist.
Vorsichtig steckte ich den Kopf durch die Hallentür, aber Herr Albrecht sah mich sofort.
„Da bist du ja schon. Ist Laura auch anständig gefahren?"
Ich nickte nur.
Celine war auch in der Halle, mit Snoopy. Sie begrüßte mich fröhlich, aber sagte sonst auch nichts.
Das war mir besonders unangenehm. Alle taten so, als wäre vor ein paar Tagen gar nichts Besonderes passiert.
„Dann wollen wir mal", meinte Herr Albrecht und stieg ab.
Mein Helm lag immer noch da auf der Bande, wo ich ihn vor drei Tagen abgelegt hatte, also nahm ich ihn und blieb erneut stehen. Ich wollte wirklich nicht reiten.
„Jetzt steig auf, ich habe doch nicht den ganzen Tag Zeit", rief Herr Albrecht streng.
Dann wandte er sich an Celine: „Und du kannst schon mal warmtraben. Sonst wird das nichts mit der Einzelstunde heute."
Celine trabte also lieber schnell an, um Snoopy warmzumachen.
Und ich stieg wieder auf Zora auf und fühlte mich prompt genauso schlecht wie letztes Mal. Wenn das überhaupt möglich ist, sogar noch etwas schlechter.

„Wieso sitzt du da drauf wie meine Oma?“, fragte mich Herr Albrecht. „Rücken gerade. Die Beine lang. Das ist nicht lang, das ist krumm.“

Ich versuchte, meinen Körper zu entspannen. Eigentlich war ich immer stolz auf meinen Sitz, aber jetzt passierte überhaupt nichts. Außer, dass meine Hände zu zittern anfingen und Zora einen Schritt rückwärts machte.

„Weißt du, warum sie das tut?“, fragte er mich.

Ich schüttelte den Kopf.

„Weil sie merkt, dass du unsicher bist. Und wenn DU schon unsicher bist, wie soll SIE sich dann sicher sein, dass nichts passiert? Und wenn du vor Aufregung an ihr herumziehst, wird sie die Initiative ergreifen und abdüsen. Sitzt du weiter so krumm und unsicher, wird sie sich umdrehen und ihren Instinkten gehorchen.“

Ich zwang mich, die Zügel lang zu lassen, und Zora machte wieder ein paar Schritte vorwärts. Ihr Hals wurde lockerer und sie ging normalen Schritt.

„Da“, rief Herr Albrecht. „So muss das sein. Lieber ein zu langer als ein zu kurzer Zügel. Sie wird dir schon nicht wegrennen, wenn du ihr keinen Grund dazu gibst.“

Ich ritt ungefähr seit fünf Minuten, als mich Herr Albrecht zu sich rief und meinte, dass ich absteigen könne.

„Und, war das jetzt so schlimm?“, fragte er mich danach.

„Nein“, log ich.

So richtig wohl fühlte ich mich auf meinem Pferd nicht. Hoffentlich ist das bald weg! Ein kleines bisschen stolz war ich aber trotzdem auf mich.

15. August

Ich glaube es nicht, ich bin so sauer auf meine Mutter! Ich habe gestern ein Telefonat von ihr mitgehört. Sie meinte, wenn meine Angst sich nicht legt, würde sie Zora verkaufen. Äh, wie bitte?! Das nahm ich ihr sauübel und musste sofort Celine davon erzählen. Die nahm es meiner Mutter gleich doppelt übel. Warum mischt sich meine Mutter da überhaupt ein? Also klar, das ist leicht gesagt, wenn die Eltern das Pferd bezahlen, aber an sich ist es doch mein Problem, wenn ich Angst habe, nicht ihres. In ihren Frauenzeitschriften (die ich alle gelesen habe, als ich mit der Bänderdehnung zu Hause war) stand immer: Kinder sollten ihre Probleme ab einem gewissen Alter auch mal selbst bewältigen, damit sie selbstständig werden. Also, wenn das hier nicht selbstständig ist, weiß ich auch nicht. Warum mischt sie sich dann so fies hinterrücks ein? Ich habe sie darauf angesprochen, was das denn sollte. Sie war aber nur sauer, weil ich gelauscht habe. Das eigentliche

Problem hat sie aber nicht verstanden. Nämlich, dass sie nicht mit mir spricht, obwohl es doch um mich geht.
Immerhin: Jetzt bin ich mehr sauer als ängstlich. Vor allem, als ich in den Stall fuhr und noch einmal mit Zora Schritt reiten sollte. Ich war so wütend, dass Herr Albrecht mich fragte, was los sei, aber ich erzählte ihm nichts davon. Über meinen Zorn vergaß ich meine Angst und merkte erst, dass ich schon zwanzig Minuten geritten war, als Herr Albrecht „Feierabend" rief.
Ich war so wütend auf meine Mutter, dass ich echt keine Angst mehr hatte! Ha, Mama, siehst du, es gibt keinen Grund mehr, Zora zu verkaufen! Mann, war ich erleichtert. Ich stieg ab und musste Zora einfach fest drücken. Mein Pferd!
Ich nahm meinen Helm ab und ging glücklich aus der Halle. Es fühlte sich an, als wäre ein Knoten geplatzt! Jetzt konnte ich auch auf jeden Fall beim Spaßturnier in zwei Wochen mitreiten. Yeah! Das musste ich gleich Celine sagen, damit wir uns gute Kostüme überlegen könnten. Da verkleidet man sich nämlich.

Am Anbindeplatz traf ich Ramona.
„Ach", sagte die. „Du reitest noch?"
„Ja?" Geht sie das was an? Nein!
„Wundert mich. Du hattest doch solche Angst." Ihr Unterton war richtig gehässig, aber mir fiel nichts Schlaues ein, was ich ihr hätte sagen können. Deswegen ging ich einfach weiter. Vielleicht ärgerte sie das auch am meisten, denn danach hörte ich

ganz genau, wie sie sich bei einer Einstellerin darüber lustig machte, dass ich Angst hätte. „Reiten ist nun einmal nichts für jeden. Manche sollten lieber Fahrrad fahren", flötete sie.
Sagt die Richtige, ey. Jetzt habe ich zwei unfaire Leute, die sich in mein Leben einmischen. Meine Mutter und Ramona. Das kann ich ja echt gebrauchen.

19. August

Heute war ein richtig guter Tag. Ich bin Zora endlich wieder etwas selbstständiger geritten, sogar auf beiden Händen getrabt, habe aber Herrn Albrecht gebeten, noch nicht galoppieren zu müssen, weil mir das noch ein wenig Angst macht. Er lächelte nur und meinte: „Wir wollen es ja nicht gleich übertreiben."

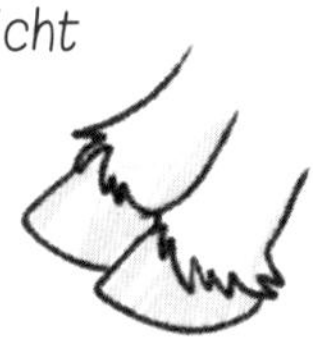

Und dann geschah das Allerbeste: Ramona hörte das und meinte zu ihrer Freundin Chantal, dass es ja wohl peinlich wäre, sein eigenes Pferd nicht zu galoppieren. Die beiden saßen nämlich auf der Tribüne neben der Halle und hatten mir zugeguckt. Da platzte Herrn Albrecht plötzlich der Kragen.
„Wie bitte???", blaffte er Ramona an. „Du hast Lady Love am Anfang gar nicht galoppiert, weil du Angst hattest, du könn-

test sie nicht halten, und beim Springen bist du weinend abgestiegen. Angst ist nichts, über das man lachen sollte! Und schon gar nicht, wenn man selbst welche hat!"
Das saß. Ramona machte ein Gesicht wie ein Guppy in der Waschmaschine und dampfte mit dicken Backen ab. Sie sah aus, als würde sie gleich anfangen zu heulen. Wie gerne hätte ich das Celine gezeigt, aber die saß beim Zahnarzt und jammerte mir später WhatsApp-Sprachnachrichten ins Telefon, die ich kaum verstand.
„Hallo?", polterte Herr Albrecht Ramona hinterher. „Ich bin noch nicht fertig!"
Bei uns im Stall widerspricht niemand Herrn Albrecht. Es ist ja erstens sein Stall und zweitens geben alle viel auf seine Meinung. Da traute sich nicht mal Ramona, einfach wegzugehen, also kam sie mit schlurfendem Schritt wieder um die Ecke zur Tür.
„Wenn ich noch mal mitbekomme, dass du irgendwen hänselst, weil er Angst hat, dann spreche ich mit deiner Mutter und ihr könnt euch einen anderen Stall suchen."
„Das war ja nicht so ...", begann Ramona, aber Herr Albrecht ließ sie gar nicht ausreden.
„Und ob das so gemeint war. Ich bin zwar alt, aber nicht dumm!"

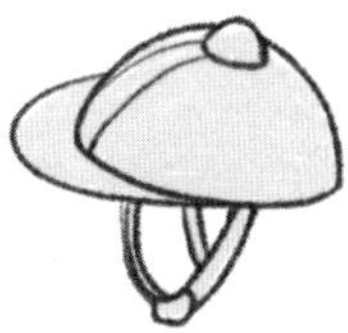

Danach durfte Ramona gehen. Sie tat mir nicht leid, nur fürs Protokoll. Herr Albrecht hatte all die Worte gesagt, die ich fühlte, aber nie im richtigen Moment fand. Ich habe mir echt Mühe gegeben, nett zu Ramona zu sein, aber sie war einfach eklig zu mir. Und auch zu Zora. Ich kannte ihre Geschichten mittlerweile auswendig, aber jetzt, da Herr Albrecht ihr das alles gesagt hatte, ärgerten sie mich nicht mehr so sehr. Mir war Ramona plötzlich egal. Ha!

„So", meinte Herr Albrecht dann zu mir. „Geh draußen noch trockenreiten, Isabell gibt da gerade eine Reitstunde, die guckt ein bisschen nach dir."

Und ich fühlte mich tatsächlich mutig genug, rauszureiten und auf den Platz zurückzugehen, auf dem der Unfall passiert war. Isabell winkte mir und rief: „Hallo, Christin!"

Ja … gut … fast. Manche Dinge ändern sich nie.

Vom Platz aus konnte ich sehen, dass Ramona auf ihr Fahrrad sprang und davonfuhr. Mann, ich habe noch nie jemanden so schnell Fahrrad fahren sehen.

Das Reiten fühlte sich auch gar nicht mehr so unentspannt an. Eher normal. Ich hatte meine Hände an der Zügelschnalle und grinste vor mich hin, während ich auf dem zweiten Hufschlag Schritt ritt. Um mich herum Reitschulkinder mit Pferden und Ponys. Manche galoppierten, andere ritten Trab. Und ich mittendrin. Ich habe natürlich nicht angenommen, dass Herr Albrecht unrecht haben könnte, aber dass es wirklich so einfach war, hätte ich nicht gedacht. Wenn ich keine Angst hatte, dann hatte Zora auch keine.

Und morgen, morgen galoppiere ich mal. Habe ich mir zumindest fest vorgenommen. Schließlich will ich für unser Spaßturnier fit sein. Und auch wenn es ein Spaßturnier ist: Üben kann man ja schon mal.

03. September

Wir hatten heute Spaßturnier im Stall. Was bedeutet das? Diverse Leute hatten Spaß und andere so gar keinen. Ich hatte zum Glück heute Spaß, weil Zora sich mustergültig verhalten hat. Nicht nur mustergültig, nein, nahezu perfekt. Dafür hatte Ramona überhaupt keinen Spaß, denn sie kam mit Lady Love dazu, und die scheint vor so ziemlich allem Angst zu haben. Auch vor unseren bunten Kostümen. Celine und ich waren nämlich als Fliegenpilze verkleidet, was sehr viel rot und weiß bedeutet. Snoopy hatten wir sogar mit Kreide weiße Punkte gemalt, was eher etwas albern aussah. Bei Zora ging das nicht, die hat die Kreide nämlich gefressen (warum frisst dieses Pferd ständig so komische Sachen?).

Jedenfalls hatten wir lustige Capes an und das mochte Lady Love gar nicht. Sie fing schon an der Hallentür an, herumzuhüpfen und Ramonas Prinzessinenoutfit durcheinanderzubringen. Zu allem Überfluss bekam Ramona dann noch einen Anpfiff von Herrn Albrecht, weil sie eine Krone statt eines Helms aufhatte und somit nicht in die Halle durfte.
Celine und ich haben zwar nichts gesagt, aber innerlich High-Five gemacht.
Wir fingen dann schon mal ohne Ramona an, schließlich waren wir dreizehn Reiter samt Pferden. Team Schlumpf, Team Fliegenpilz, Team Rocket aus Pokémon, Team Vogelscheuche, Team

Putzkolonne, Team Polizei (Salino hatte sogar ein Blaulicht an der Trense!) und Ramonas Freundin, die allein Team Prinzessin war, bis Ramona mit ihrem Helm und ohne Krönchen wiederkam. Wir machten Stangenreiten, aber nur im Trab. Zora war super vorsichtig und hat keine einzige Stange umgehauen. Snoopy eine, aber nur, weil er einen dicken Hintern hat.
Team Putzkolonne räumte leider einmal komplett ab, weil sich ein Pferd erschrak und in die Stangen hüpfte. Team Polizei blieb kurz stecken, Salino hatte keine Lust mehr weiterzugehen. Als Ramona dann endlich kam, damit auch Team Prinzessin antreten konnte, scheiterte sie an ihrem Outfit. Auch wenn Lady Love, obwohl sie so aufgeregt war, eigentlich alles ganz gut machte, riss Ramonas Kleid so ziemlich jede Stange um, die in der Halle stand.
Beim Eierlauf (einmal ohne Pferd, einmal mit) saute ich mich und Zora komplett ein (drei Eier, alle irgendwo auf mir und dem Pferd verteilt), und als ich beim Absteigen auch noch stolperte und in den Sand fiel, war mein gesamtes Kostüm ruiniert. Aber Celine und ich haben uns totgelacht. Spaßturniere sind großartig. Davon sollte es viel mehr geben.
Wir lachten mit den anderen um die Wette. Wir lachten mit Herrn Albrecht, weil er einen ganzen Karton Eier für den Eierlauf erst mal fallen ließ, wir lachten mit Isabell, die versuchte, ihre Noten wie Dieter Bohlen bei DSDS vorzutragen. Kurzum, wir hatten alle Spaß. Nur Ramona nicht, weil sie offensichtlich keinen Spaß haben wollte, denn sie guckte nur, als hätte sie eine Eidechse verschluckt, und ging auch ganz schnell, als alle

Disziplinen vorbei waren. Ihre Freundin blieb bei uns, trank mit uns eine Fanta und führte ihr Pferd Astronaut trocken. Und sie lachte auch mit uns. Es tat mir ein bisschen leid, dass sie überhaupt mit Ramona in einem Team war.
Am Ende gab es für alle eine Schleife, auf der „Spaßturnier Falkenhof" stand, und ich pinnte sie an meine Boxentür. Stolz. Weil's wirklich Spaß gemacht hat. Und weil mein Pferd so lieb war. Sie ist manchmal echt ein Schatz.

08. September

Puh, im Moment ist so viel in der Schule los, dass ich gar nicht dazu komme, viel in mein Tagebuch zu schreiben.
Und einen Job habe ich jetzt auch wieder. Seitdem mein Fuß gesund ist, bin ich jeden Sonntag bei Opa in der Gärtnerei. Opa rundet meinen Lohn auch gerne mal auf. Aber hey, wo soll eine Zwölfjährige sonst genug Geld herbekommen, um sich den Basispass und Springstunden zu leisten?

Das habe ich heute auch meiner Mutter erzählt, aber als ich das Wort „Springstunde" sagte, war sie im Alarmmodus.
„Du bist doch gerade erst wieder gesund. Da musst du nicht gleich in die Springstunde."

„Aber ich würde gerne mein Reitabzeichen machen."
„Das kannst du auch später."
„Wann später?"
„Wenn du älter bist und besser mit deinem Pferd klarkommst."
Autsch, das hatte gesessen. „Du weißt doch gar nicht, ob ich mit Zora klarkomme!", rief ich böse.
„Du bist runtergefallen, das heißt, du hast noch Probleme mit deinem Pferd."
„Ich habe überhaupt keine Probleme, das gehört dazu!", sagte ich.
Aber meine Mama ließ sich kein bisschen erweichen, sie meinte: „Nein, es gibt keine Springstunde."
Also ging ich in mein Zimmer und ließ sie einfach stehen!
Ich blieb eine ganze Weile dort, weil ich sowieso noch Hausaufgaben machen musste (und ein Referat in Musik muss ich diese Woche auch noch halten, aber Celine und ich haben noch nichts gemacht).
Zora hatte heute frei, also blieb mir ja nichts anderes übrig, als in meinem Zimmer zu sitzen.
Irgendwann kam mein Papa rein und setzte sich auf meinen Sessel.
„Störe ich?"
„Nein, bin gerade fertig", behauptete ich, auch wenn ich immer noch versuchte, eine hübsche Überschrift für das Plakat zum Musikreferat zu malen. Zwei hatte ich schon verhunzt, weil ich mir nicht merken kann, wie man einen Notenschlüssel malt.
„Romi, du darfst Mama nicht so böse sein. Sie macht sich doch nur Sorgen."

„Ja, weiß ich. Aber ich hätte meine Springstunde selber bezahlt und ich wäre bestimmt auch nicht schon wieder runtergefallen. So was macht man doch nicht extra."

„Nein, aber du warst eben verletzt und da sorgen sich Eltern dann", sagte er und zog mein Plakat zu sich. „Wolfgang Amadeus Mozart schreibt sich mit einem F."

Verdammter Mozart!

„Ich verstehe Mama ja", antwortete ich ihm. „Aber ich bin auch kein kleines Kind mehr."

„Aber du hattest doch Angst vor deinem Pony."

„Pferd", korrigierte ich ihn.

Papa sagt ständig Pony. Dabei ist Zora ja wohl mehr als groß genug, um kein Pony zu sein.

„Na ja", meinte ich. „Das kann auch mal passieren."

Ich weiß natürlich nicht, ob das mal passieren kann oder ob das so normal ist, aber als ich zu Hause war und nur rumliegen konnte, habe ich viel im Internet gelesen, auch in Pferdeforen und bei Facebook, und da haben öfter Leute zugegeben, dass sie Angst vor ihrem Pferd haben oder hatten.

„Weißt du, dass Mama überlegt hat, Zora zu verkaufen?"

„Dazu hat sie gar kein Recht", rief ich sauer. „Zora ist mein Pferd und ich habe immer gute Noten geschrieben, seitdem ich sie bekommen habe. Ganz wie versprochen."

„Weiß ich doch. Aber sie hatte eben Angst, dass du dich einmal ernsthaft verletzt und dann vielleicht nicht nur eine Schiene bekommst, sondern einen Rollstuhl."

Wütend schob ich meine Buntstifte beiseite, starrte das Mozart-Plakat an und sagte nichts mehr.
Abends lag ich dann wach und grübelte. Warum spricht meine Mutter denn nicht mit mir darüber, wenn sie Angst hat, dass ich von Zora fallen könnte? Wieso will sie sie einfach verkaufen, obwohl ich mich an alle Abmachungen gehalten habe? Vor lauter Ärger hatte ich Papa dann aber vergessen zu fragen, wieso sie es schließlich doch nicht gemacht hat.

12. September

Mittlerweile galoppiere ich wieder. Auch häufiger. Darauf war auch Herr Albrecht stolz, denn er meinte, mein Sitz wäre super, wenn ich es jetzt nur noch schaffen würde, geradeaus zu gucken.
„Hast du Angst, dass Zora weg ist, oder warum guckst du immer auf ihren Hals?", meinte er.
„Aber das ist doch nur, weil ich gucken will, ob sie durchs Genick geht", entschuldigte ich mich.
„Das merkt man, ohne hinzugucken! Du hast doch Gefühl in den Händen und im Po!", schimpfte er.
Trotzdem gucke ich manchmal lieber. Zur Sicherheit. Auch wenn er recht hat.

Als ich trockenritt, kam Simon in die Halle.

Er hatte einen Rappen dabei, der ziemlich klein und schmal war. Ich glaube, ein Araber.

„Hallo", rief er fröhlich und winkte mir.

Ich winkte ziemlich dämlich zurück.

„Wieso bist du denn heute hier?", fragte Herr Albrecht seinen Enkel.

„Wir haben Lehrerausflug oder so was, Mama hat mich eben abgesetzt."

„Da hätte sie mir aber auch mal Bescheid geben können", schimpfte Herr Albrecht.

„Ich bin doch kein Kind mehr", sagte der Junge.

„Du bist aber auch nicht erwachsen. Sie muss mir doch sagen, wenn du zu Besuch kommst, Simon."

Ich ritt schweigend durch die Halle und erfuhr dabei eine Menge über Simon, weil Herr Albrecht immer noch über seine Tochter schimpfte.

Simon ist dreizehn, was Herr Albrecht ihm ungefähr fünfhundert Mal vorhielt, deswegen könne er nämlich nicht einfach auf dem Reiterhof herumspazieren, ohne dass Herr Albrecht davon wisse, denn wer haftet dafür, wenn ihm was passieren würde? Klang ein bisschen wie Diskussionen mit meiner Mutter, die irgendwann mal meinte, dass es gefährlich sei, wenn Celine und ich dauernd ohne Aufsicht im Stall wären. Ich habe ihr vorgeschlagen, dass sie immer dabeistehen könne. Es war ihr dann wohl doch nicht so wichtig, denn sie meinte: „Ach, so klein seid ihr ja auch nicht mehr."

Als Herr Albrecht ging, kam Simon zu mir.
„Wir beide waren doch zum Ausreiten verabredet." Er lachte, als er das sagte. „Ich hab jeden Tag gewartet, aber du warst nie da, wenn ich da war."
Ich muss wohl etwas verlegen geguckt haben, denn Simon sagte: „Du warst länger verletzt, oder? Was hattest du denn genau am Bein?"
„Ja, das war alles total blöd. Ich hatte eine Bänderdehnung."

„Oh nein, das klingt ja schlimm."
„Ja, war ziemlich doof", sagte ich.
„Vielleicht können wir ja in den Weihnachtsferien mal ausreiten?"
„Klingt spitze", sagte ich und winkte zum Abschied.

„Hab ich nicht gesagt, kein Handy beim Essen?", fragte meine Mutter mich abends, als wir beim Abendbrot saßen. Ich hatte gerade Celine geschrieben, dass ich Simon wiedergesehen hatte.
„Ja, Entschuldigung." Dann fiel mir wieder ein, dass sie Zora hinter meinem Rücken verkaufen wollte, und es tat mir gleich weniger leid.
„Und was war da jetzt so wichtig?", fragte sie.
„Was für die Schule."
Ich glaube, das hat sie mir nicht abgenommen. Schule ist nämlich nicht zum Lachen und das weiß sie auch. Aber Jungssachen gehen sie eben nichts an.

Okay, vielleicht ist es auch gar keine Jungssache, ich kenne Simon ja gar nicht richtig. Vielleicht ist er auch total ätzend, wenn man ihn näher kennt. Obwohl ich das nicht glaube.

15. September

Ich hoffe, meine Mama liest niemals heimlich mein Tagebuch, denn ich habe was Verbotenes getan. Ich habe bei einer Springstunde mitgemacht. Wie soll ich denn jemals bei einem Turnier starten, wenn ich nie etwas machen darf? Bevor es losging, gab ich Herrn Albrecht mein gespartes Geld und ging dann voller Vorfreude mit Zora in die Halle, wo auch Celine schon wartete. Celine darf nämlich springen, ohne es ihrer Mutter zu verheimlichen. Mittlerweile sogar mit Snoopy, nicht mehr mit Saba Queen.
Aber wie immer zieht ein „Celine darf aber auch" nicht bei meinen Eltern: „Wenn Celine von einer Brücke springt, springst du dann auch?" Den Spruch habe ich mal auf einen Kissenbezug im Hauswirtschaftsunterricht gestickt. Kam nicht gut an. Also bei meinen Eltern. Frau Sacher hat die Stickerei sehr gelobt. „Toller Kreuzstich, Romi!" Fand ich auch.

Vor der Springstunde hatte ich mir extra meine Sicherheitsweste angezogen, damit auch wirklich nichts passieren konnte, und dann ging es auch schon los. Simon war auch dabei und Celine war etwas enttäuscht, weil er braune Haare und braune Augen hat wie ich.

Leider war auch Ramona da und die schien Simon richtig toll zu finden. So toll, dass es schon unangenehm war. Ständig quatschte sie ihn voll und sagte dauernd so blöd seinen Namen: „Siiimooon“, genauso, wie sie auch „Portofiiino“ sagt. Oh Mann!

Auch wenn es mich irgendwie störte, ließ ich mir davon nichts anmerken. Wenn Simon Ramona mag, dann ist er eh doof und doofe Leute kenne ich genug, da brauche ich nicht noch mehr in meinem Bekanntenkreis.

Die Springstunde war super! Zora war voll dabei und hatte richtig Lust auf Springen.

„Ich glaube, ich habe ein Springpferd gezogen. Dabei hat sie doch Dressurabstammung! Hätte ich sie mal von einem Hengst mit Springerabstammung decken lassen sollen“, meinte Herr Albrecht ein wenig bedauernd.

Ich glaube, dass ich mittlerweile auf einem guten Weg mit Zora bin. Nicht nur wegen Herrn Albrecht (aber auch), sondern weil ich etwas gefunden habe, das uns beiden Spaß macht.

Celine und ich lachten die ganze Zeit und hatten sehr viel Spaß. Auch als Celine mal wieder in den Dreck kugelte. Snoopy bremste vor dem Sprung. Celine nicht. Aber da Snoo-

py nicht sonderlich hoch ist, hat sie sich auch nicht wehgetan.
Ramona fand das megalustig, bis Herr Albrecht ihr einen eisigen Blick zuwarf.
„Man kann schon mal lachen, wenn wer vom Pferd plumpst", sagt Isabell immer. „Aber erst, wenn der Runtergefallene auch lacht und ihm nichts passiert ist. Wer vorher lacht, ist ein schadenfrohes Kameradenschwein." Womit sie vollkommen recht hat.
Zora hatte so viel Spaß am Springen, dass sie kaum zu bremsen war. Sie sprang über alle drei Trabstangen auf einmal und ich hatte alle Mühe, sie anzuhalten, weil sie danach direkt auf den viel höheren Sprung zusteuerte, den ich noch gar nicht gesprungen war.
„Romi, du musst sie mehr begrenzen. Wenn sie das Denken übernimmt, springt ihr übers Hallentor und seid nachher irgendwo auf der Autobahn. Das ist nicht Sinn der Sache", meinte Herr Albrecht.
Irgendwie vergesse ich beim Springen gerne mal das Lenken. Ich bin so konzentriert darauf, richtig zu springen und bei der Bewegung mitzugehen, dass ich, sobald ich lande, vergesse, dass der Parcours ja noch weitergeht und man schon über dem Sprung das nächste Hindernis anpeilen sollte.
Als Simon mit dem kleinen Parcours dran war, schaute Ramona ganz genau hin, allerdings war er nicht sehr erfolgreich. Ich glaube, Peggy ist kein Springpferd.
Simon lachte und meinte, das sei nicht so schlimm. Er wollte es ja nur mal versuchen.

Weil das Wetter noch so schön war, gingen wir nach der Stunde zusammen nach draußen zum Trockenreiten.
Nur Ramona blieb mit Lady Love in der Halle. Ich glaube, mit der Stute habe ich sie noch nie draußen gesehen.
Celine und ich quatschten mit Simon und machten Witze und sprachen über Zoras Fohlen, von dem ich leider fast gar nichts weiß. Herr Albrecht bringt seine Jungpferde immer in die Eifel, wo sie auf großen Weiden das ganze Jahr draußen stehen.
„Ich zeige dir nächstes Mal, wenn wir uns sehen, ein Foto", sagte Simon. „Ich war dabei, als er geboren wurde."
Ich habe den kleinen Hengst selbst nur ein paar Mal gesehen, bevor Herr Albrecht ihn in die Eifel brachte.
Er sieht übrigens fast so aus wie Zora, nur dass er hinten zwei weiße Beine hat und Zora vorn. Aber er ist genauso braun wie sie, mit diesem schönen dunkelroten Schimmer.
Als wir in die Halle zurückkamen, sattelte Ramona Lady Love ab und Celine und ich gingen in die andere Ecke vom Putzplatz und machten Snoopy und Zora dort fest – hörten dann aber genau, wie Ramona zu Simon sagte: „Ich würde ja nicht mit denen rumhängen, die sind total unbeliebt im Stall."
Ich muss zugeben, dass mir da für einen kurzen Moment das Herz in die Hose sackte. Aber Simon erwiderte nur: „Hm", und nahm Peggy ihre Trense ab.
„Ramona ändert sich wohl nie", sagte Celine augenrollend.

26. September

Ich habe mich total mit Celine gestritten. Sie war so nervig! Im Stall meinte sie die ganze Zeit, ich wäre in Simon verknallt. Was kein bisschen stimmt! Als ich ihr das sagte, hat sie trotzdem nicht lockergelassen und immer weitergemacht, sogar als Isabell mit einer Reitschülerin in die Halle kam. Das war mir unglaublich peinlich. Ich bekam einen roten Kopf und mir wurde ganz heiß, wie immer, wenn ich mich schäme.

„Mann, Celine, lass das doch mal bitte“, rief ich verärgert.

„Das sagst du nur, weil's stihiiimmt“, flötete Celine.

„Sag mal, brülle ich herum, dass du auf Thomas aus der 7a stehst?“

„Hä?“, meinte Celine. „Das stimmt doch gar nicht.“

„Ja, eben!“, antwortete ich sauer. „Aber wenn ICH einen Jungen kennenlerne, dann bin ich automatisch in ihn verliebt?“

„Du willst es nur nicht zugeben. Das ist doch voll normal, dass man sich verliebt.“

„Es ist aber nicht normal, wenn du es im ganzen Stall herumschreist! Das ist total peinlich. Wenn das jemand hört! Der reitet doch hier!“

„Ach, jetzt bin ich dir peinlich?“, fauchte Celine. „Dann geh jetzt am besten! Dann musst du dich nicht mehr schämen.“

Sie rauschte mit Snoopy in bester Ramona-Manier ab und ließ mich einfach mit Isabell und ihrer Reitschülerin allein in der Halle zurück.

Mann, was für ein Mist. Celine ist meine beste Freundin und wir sticheln uns immer, aber das war einfach nur unfair. Schon allein, weil ich wirklich nicht in Simon verliebt bin. Und es macht mich total wütend, dass Celine das gar nicht versteht. So als beste Freundin eben. Außerdem weiß ich ja wohl am besten, wann ich verliebt bin. Ich war nämlich schon mal in einen Jungen verliebt und das war etwas ganz anderes. Hat sich aber schnell gegeben, als ich gesehen habe, dass der seine Popel isst.
Jedenfalls finde ich Simon nur nett. Außerdem habe ich keine Jungsfreunde, die reiten, deswegen fand ich ihn einfach cool. Und dass er eher desinteressiert an Ramona ist, macht ihn definitiv noch netter. Außerdem hat er mir ja angeboten, ein Foto von Zoras Fohlen mitzubringen, weswegen ich mich schon freue, ihn nächstes Mal zu sehen. Aber mehr ist da wirklich nicht.

Bis jetzt habe ich kein weiteres Wort mit Celine gesprochen. Das ist sogar Mama aufgefallen, die mich fragte, ob ich heute gar nichts mehr von Celine gehört hätte. Ich sagte, Celine wäre krank. Ehrlich gesagt, habe ich heute keine

Lust auf ein Mutter-Tochter-Gespräch und schlaue Tipps. Ich möchte einfach nur sauer sein. Das steht mir zu. Hoffentlich hat Isabell nicht gehört, was Celine gesagt hat. Die bringt es fertig, das jedem auf die Nase zu binden. Nicht mal böse gemeint.
Morgen helfe ich Opa wieder in der Gärtnerei, vielleicht kann ich mir dann noch mal eine heimliche Springstunde leisten, die mich aufmuntert. Allerdings wäre Celine auch in der Springstunde ... ach, ich weiß auch nicht.

02. Oktober

Morgen haben wir schulfrei und bald fangen auch die Herbstferien an, was eigentlich ein Grund zum Jubeln wäre. Aber das bedeutet auch, dass Simon wieder im Stall ist, und den möchte ich eigentlich gar nicht mehr sehen.
Hab ich's gesagt oder hab ich's gesagt? Isabell hat natürlich geplaudert. Okay, sie hat Herrn Albrecht erzählt: „Die kleine Emma ist ganz verliebt in deinen Enkel." Der meinte zwar, dass er keine Emma kenne, aber Isabell hat schnell nachgeschoben: „Die von der Zora."
„Aha", machte Herr Albrecht.

Das Gespräch habe ich gestern mitbekommen und war danach noch wütender auf Celine, die sich seit Tagen außerhalb der Schule nicht gemeldet hat.
Jetzt gibt es definitiv viel zu viele Leute, mit denen ich gar nicht mehr reden will, weil ich mich total dafür schäme, was über mich gesagt wird. Zuerst war es, dass ich Angst vor meinem Pferd habe und eh zu wenig kann, um eins zu besitzen.

Jetzt bin ich die verliebte „Emma" – bringt eure Söhne in Sicherheit! Manchmal hasse ich den Stall. Aus tiefstem Herzen. Morgen hat Zora frei. Ich mag nicht hingehen.

04. Oktober

Heute war ich allein zu Hause, fuhr nicht in den Stall und langweilte mich vor dem Fernseher.
Bis es an der Tür klingelte. Als ich hinging, stand Celine davor.
„Hi, Romi." Sie schaute mich von unten aus großen Augen an.
Mit der hatte ich jetzt so gar nicht gerechnet.
„Kann ich reinkommen?", fragte sie.
„Nee, eigentlich nicht", antwortete ich frostig.

„Tut mir leid wegen der Sache letztens", murmelte sie betreten. „Ich wollte dich nur ein bisschen ärgern."
„Das war mir echt zu viel", sagte ich.
„Ja, weiß ich doch. Aber es gehört doch irgendwie dazu, dass wir uns necken, oder? Das machen wir immer", erwiderte Celine. „Außerdem: Weißt du noch, als du meintest, ich würde irgendwann ganz viele Pickel bekommen, weil ich immer deinen Nachtisch mitesse? Das war mir auch zu viel irgendwann."
„Warum sagst du mir das nicht einfach, dann höre ich sofort auf", meinte ich.
„Ja, weiß ich doch, aber getroffen hat es mich trotzdem irgendwie."
„Das war doch nur Spaß, Celine. Außerdem hast du immer viel weniger Pickel als ich, das war doch der Witz dahinter."
Stimmte auch. Ich sehe manchmal aus wie ein Streuselkuchen und Celine steht da mit ihrer glänzenden, makellosen Haut und ich schaue daneben aus wie ein Alien.
„Ja, weiß ich." Celine verschränkte die Arme vor der Brust. „Ich wollte ja auch gar nicht, dass Isabell das hört. Ich habe es schon wieder in Ordnung gebracht, indem ich ihr erzählt habe, dass das gar nicht sein kann, weil du ja schon einen Freund hast."
„Was?", rief ich empört. „Warum hast du das gemacht?!"
„Ist doch egal. Nur damit sie weiß, dass du dich nicht für Simon interessierst. Außerdem dachte sie, du heißt Chantalle."
Ich musste gegen meinen Willen lachen.
„Sind wir denn wieder Freunde?", fragte Celine.

Ich nahm sie in den Arm und ja, jetzt sind wir wieder Freunde. Sie ist nun einmal meine beste Freundin. Auch wenn sie manchmal doof ist. Vermutlich bin ich auch manchmal etwas doof.

„Aber was machen wir denn jetzt mit meinem ominösen Freund?“, fragte ich.

„Ach, den kannst du ja in den Wind schießen, falls Simon dich ins Kino einlädt.“

Wir lachten. Das Leben ist viel besser, wenn man sich nicht mit seiner besten Freundin zankt.

08. Oktober

Herbstferien! Juhu! Keine doofen Mathearbeiten, keine Französischvokabeltests, nur Herbst und vor allem Ausreiten. Nächste Woche ist Herbstjagd im Stall und da möchte ich unbedingt mitmachen. Fast alle sind dabei. Bei der Herbstjagd muss man sich schick anziehen und durchs Gelände bis zu einer Wirtschaft reiten, wo es dann Eintopf und Limo gibt. Ich habe mich für die Anfängergruppe eingetragen, denn im Gelände zu galoppieren, finde ich nach wie vor etwas gruselig und lasse es daher lieber erst mal bleiben. Einen Teil der Strecke werden wir über

eine ehemalige Military-Anlage reiten, auf der noch Natursprünge stehen. Darauf freue ich mich am meisten. Endlich wieder mit Zora springen.
Celine ist auch in der Anfängergruppe, weil sie mit Snoopy nicht im Gelände galoppieren darf. Und Simon ist auch in meiner Gruppe, weil Peggy so schlecht im Springen ist.
Ramona hat sich natürlich bei den Erwachsenen angemeldet, die Angeberin. Das will ich sehen, wie sie da mithalten kann.
Ramona hat wohl nicht bedacht, dass die Erwachsenen viel mehr springen, als sie ihren Namen auf die Fortgeschrittenenliste gekritzelt hat. Celine und ich glauben, dass sie damit Simon beeindrucken will. Na ja, egal.
Für die Herbstjagd betreibt man einen richtigen Aufwand. Man muss ein Jackett tragen, die Mähne des Pferds einflechten und es herrichten, als wäre man beim Wettkampf. Da kann ich schon mal üben, wie es im Ernstfall sein wird, wenn ich wirklich ein Turnier reite. Das wird super, ich habe Zora noch nie eingeflochten und sie wird bestimmt total toll aussehen. Für Snoopy müssen wir uns allerdings etwas einfallen lassen, da er eine lange Mähne hat und wir keine Ahnung haben, wie man die schick zurechtmacht. Celine darf sie auch nicht abschneiden, weil es ja nicht ihr Pferd ist. Wahrscheinlich sähe Snoopy mit kurzer Mähne eh ziemlich doof aus.
Weil wir keine Mähnengummies hatten, sind Celine und ich – nachdem wir im Stall waren – zum Reitladen geradelt, um uns einzudecken. Wir brauchten ja auch noch Mähnenspray und

vielleicht noch Bandagen. Da ging also das Geld für meine Springstunden dahin.
Ich kaufte Zora weiße Bandagen und eine weiße Schabracke. Die war im Angebot. Und ich war pleite. Aber bisher war eine weiße Reithose und ein Jackett – beides vom Reitertrödelmarkt – meine einzige Turnierausrüstung. Celine hat ein bisschen mehr, weil sie mit Snoopy schon an drei Reiterwettbewerben teilgenommen hat.
Als wir draußen standen, waren wir ziemlich arm. Dann fiel uns auf, dass der Grund, warum wir überhaupt hingefahren sind, ja die Gummis waren. Also mussten wir unsere letzten paar Cent zusammenkratzen, um uns doch noch welche zu holen.

Abends habe ich meiner Mutter dann von der Herbstjagd erzählt und natürlich hoch und heilig versprochen, dass ich nicht mit der Fortgeschrittenen-gruppe reite. Da ich das aber eh nicht will, war das jetzt kein sonderlich schwieriges Versprechen.
„Kann man da zugucken?", fragte Papa.
„Ich weiß nicht. Das ist ja eine Strecke durch den Wald, kein Wettkampf."
„Ach, bei dem Wetter mag ich auch gar nicht", meinte meine Mutter.
Ihr wird nämlich immer so schnell kalt und momentan ist das Wetter grausig. Celine und ich sind schon auf dem Weg zum Reitladen ganz nass geworden.

„Du kannst ja mal ein Turnier reiten, dann komme ich gerne“, sagte Mama und lächelte mich irgendwie ganz warm an. Mein Blick musste verraten haben, was ich dachte, denn sie sagte schnell: „Natürlich erst, wenn du deinen Basispass und Pferdeführerschein hast. Wie hieß das noch gleich?“
Ich freute mich riesig. Das musste bedeuten, dass sie unmöglich noch darüber nachdenken konnte, Zora wegzugeben, und auch, dass sie mir endlich vertraute. Ich umarmte Mama ganz fest.
„Vielleicht kann ich ja erst mal einen Reiterwettbewerb mitreiten“, sagte ich, um Mama zu zeigen, dass ich eins nach dem anderen plane und erwachsen bin. „Im November ist ein Stallturnier bei uns. Aber Herr Albrecht muss entscheiden, ob ich da mitmachen darf.“
Natürlich muss er das nicht wirklich, aber ich reite sicher kein Turnier, wenn Herr Albrecht findet, dass ich das noch gar nicht kann.

„Das hört sich gut an, Romi. Da schauen Papa und ich auf jeden Fall zu. Wenn du mitmachen darfst.“ Ich umarmte Mama noch mal ganz fest. Und fühlte mich richtig gut.

Heute haben wir alles für die Herbstjagd bereitgemacht. Zora bekam eine Decke angezogen und ich führte sie nach draußen zum Putzplatz, um ihre Mähne einzuflechten. Snoopy und Celine waren auch schon da. Und Simon mit Peggy. Den hatte ich tatsächlich seit der unrühmlichen Geschichte mit Isabell nicht mehr gesehen und war total glücklich, als er sich direkt an sein Versprechen erinnerte und mir Bilder von Zoras Fohlen zeigte.

„Da war er noch ganz klein“, meinte er.

„Der ist aber echt niedlich“, fand Celine. „Vielleicht sollten wir meine Mama fragen, ob ich nicht ein super Weihnachts- und Geburtstagsgeschenk haben kann, in Ponyform.“

„Aber den kannst du ja frühestens in drei Jahren reiten“, sagte Simon.

„Egal. Der ist total niedlich“, rief Celine und machte ein Foto mit ihrem Handy, damit sie es zu Hause gleich ihrer Mutter zeigen konnte.

Als wir alle Fotos gesehen hatten, wollte ich Zoras Mähne einflechten, doch es offenbarte sich schnell ein Problem: Zora wollte keine eingeflochtene Mähne. Ich stellte den Hocker neben sie und sie ging einen Schritt beiseite. Ich stellte den Hocker

erneut neben sie und sie ging wieder einen Schritt zur Seite. Und das tat sie so lange, bis ich ganz aus der Puste war, vom Hocker umstellen.

Ich schwöre, dass sie mich innerlich ausgelacht hat. Das muss ihr sehr viel Spaß gemacht haben.

Irgendwann war es mir zu blöd und ich stellte sie direkt parallel zur Wand und schob dann den Hocker davor, sodass sie nicht mehr seitlich davonkommen konnte.

Dafür ging sie dann rückwärts.

Währenddessen hatte auch Celine einige Probleme. Snoopy sollte nämlich einen Mozartzopf bekommen. Wir hatten uns zusammen auf YouTube angesehen, wie das Einflechten funktioniert, und es wirkte eigentlich ganz einfach. Eigentlich. Aber bei Snoopy sah es aus, als hätte Celine eine dicke Leberwurst auf seinem Hals gedreht. Während Zora immer noch keinen einzigen Zopf hatte.

Sie schüttelte sich, sobald ich nach der Mähne griff, und schob mich sogar mit einem Halsschlenker vom Hocker runter, bis ich sie irgendwann anbrüllte: „ZORA! BLEIB STEHEN!"
Sie schaute mich mit ganz großen Augen an und hielt wenigstens fünf Minuten still, sodass ich immerhin die Zöpfe unterteilen konnte.
„Doofe Kuh", sagte ich zu ihr, aber ich streichelte sie schnell wieder, damit sie nicht dachte, ich meinte das ernst.
Simon war als Erster fertig und brachte Peggy anschließend zurück in ihre Box, während ich mich mit dem Flechten abmühte. Ab da war auch Zoras Geduld zu Ende. Celines auch, die ihr Kunstwerk anschrie: „WIESO KANN DAS NICHT HALTEN?"
Bei dem Lipizzaner auf YouTube hatte es wirklich besser ausgesehen. Snoopy hatte viel zu viele kurze Haare, die abstanden, als wäre er ein Igel. Dazwischen lag dann irgendwie der Zopf und löste sich schon allein durchs Anschauen auf.

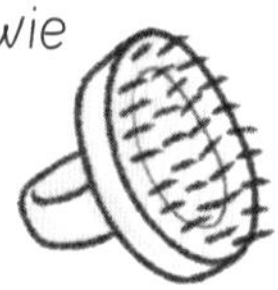

„Sollen wir eine Stehmähne schneiden?", jammerte Celine. „Ich kann ja der Besitzerin erzählen, er hätte einen Rasenmäherunfall gehabt oder so ..."
Mittlerweile war ich der Idee auch nicht mehr so abgeneigt, denn je näher ich Zoras Kopf kam, desto listiger wurde sie. Ständig riss sie den Hals hoch und begann dann noch, mit dem Huf zu scharren, was sie häufiger macht, wenn ihr etwas zu lange dauert. Aber was sollte ich tun? Schade, dass man Pferden manche Sachen nicht einfach erklären kann. Wenn die dann sagen würden: „Das dauert mir zu lange!", könnte

man antworten: „Ja, entschuldige, aber wenn du weiterzappelst, dann dauert es noch viel länger!"
Und dann könnten sie sagen: „Ah okay, dann lasse ich es natürlich. Mach einfach weiter."
Leider gibt es noch keine Sprachübersetzungssoftware für Mensch-Pferd und so musste ich Zora irgendwie anders verklickern, dass sie endlich mal stillhalten sollte. Das Problem löste ich, indem ich ihr etwas Heu brachte. Danach behielt sie die ganze Zeit den Kopf artig unten und ich konnte die restlichen Zöpfe flechten und eindrehen. Dabei habe ich übrigens festgestellt, dass ich nicht sehr gut flechten kann. Es sieht ziemlich schief aus. Aber wenigstens ist es selbstgemacht.
Ramona hat sich Hilfe von drei älteren Mädchen geholt, die alle regelmäßig aufs Turnier gehen. Deswegen sah Portofiiiino auch deutlich besser aus als Zora.
Wir begutachteten Celines Desaster und hatten keine Ahnung, wie wir den Mozartzopf doch noch hinbekommen sollten. Schließlich entschlossen wir uns, ihm ein Netz zu machen, das sieht auch ganz nett aus. Na ja ... ein bisschen zumindest.

13. Oktober

Oh Mann, was für ein Chaos! Das trifft es wohl ganz gut, wenn man die Herbstjagd beschreiben sollte. Schuld daran war ich. Teilweise zumindest.

Mit uns in der Gruppe waren Frau Hoppel mit ihrem Friesen (Der ist süß! Aber die meisten Friesen sind süß), Marie mit einem der Schulponys, Herr Bruck mit seinem alten Trakehner, Frau Koch mit ihrer Kutsche, Simon mit Peggy, Celine mit Snoopy und eben ich und Zora.

Als die Fortgeschrittenen gestartet waren, ging es auch kurz danach bei uns los und wir marschierten ganz gemütlich vom Hof und wandten uns in Richtung Felder, von wo aus ein Weg in den Wald führt.

Weil auch Frau Koch mit der Kutsche dabei war, ging es wirklich ziemlich gesittet zu, denn die kann ja nicht mit irgendwem um die Wette galoppieren, sie blockiert viel zu viel Platz.

Wir hatten sehr viel Spaß, als wir im Wald ankamen, und sind sogar ein kleines Stück getrabt. Ich musste allerdings ganz schnell hinter die Kutsche, denn sobald Zora vor der Kutsche war, wurde sie ganz ängstlich. Wahrscheinlich, weil sie die Kutsche nicht sehen konnte und ihr das Geräusch gruselig vorkam.

„Wo müssen wir noch mal lang?", fragte mich Simon.

Aber den Weg hatte ich mir natürlich nicht angeguckt. Außerdem hatte ich irgendwie angenommen, dass die anderen ihn

ja kennen. Ich meine, wer denkt denn, dass ein zwölfjähriges Mädchen einen Ausritt leitet? Ich nicht!
Es stellte sich dann aber ziemlich schnell heraus, dass niemand den Weg kannte, als wir plötzlich auf einem Segelflugplatz ankamen und Snoopy fast in ein Flugzeug krachte.
„Entschuldigung, wo geht es denn bitte zur Gaststätte ‚Am Stadttor'?", fragte Herr Bruck einen irritierten Fluglotsen, der wohl sehr überfordert war, eine Gruppe vom Reitern zu betreuen, die sich auf seinem Rollfeld herumtrieben.

„Die kenne ich gar nicht", antwortete er.
Blöd.
„Weiß das sonst jemand?"
„Ulli, komm mal!", rief der Fluglotse und ging dann zu einem Hangar, um seinen Kollegen zu befragen.
Währenddessen sah Zora sich neugierig um und Herrn Brucks Trakehner schlief schon fast. Frau Koch musste allerdings immer weiter um das Flugzeug kreiseln, weil ihr Pony gar nicht mehr stillstehen wollte und sich fürchtete.
Es war schrecklich windig und überall raschelte und klapperte es.
Zora gefiel das nicht. Sie machte einen Satz nach vorn, dann nach hinten und prallte mit dem Hinterteil gegen das Segelflugzeug, das daraufhin gefährlich wackelte. Ich glaube, die Dinger sind nicht sonderlich stabil.
Frau Hoppels Friese bekam daraufhin solche Angst, dass er losgaloppierte (Snoopy

hinterher, aber nicht so richtig wissend, warum überhaupt), dann scheute auch Maries Pferd und sprang fast in die Kutsche.
Als der Fluglotse mit seinem Kumpel Ulli wiederkam, standen nur noch Simon und ich neben dem Flugzeug. Zum Glück hat uns Ulli erst den Weg verraten und dann realisiert, dass der Rest unserer Gruppe im kompletten Chaos über die sandige Rollbahn galoppierte.
Jetzt haben wir Hausverbot beim Segelflughafen ...
Egal, wer will schon fliegen, wenn er reiten kann.

16. Oktober

Bald sind die Herbstferien vorbei und das freut mich überhaupt nicht. Dann kann ich Zora nicht mehr so oft sehen ... und auch nicht mit Celine und Simon abhängen.
Als ich heute Morgen in den Stall kam, wartete der schon auf mich.
„Guck mal!", rief er schon von Weitem. „Ich habe neue Bilder von meiner Mutter bekommen, der kleine Hengst sieht super aus."
„Oh, zeig mal her", rief ich.
In dem Moment kam Ramona um die Ecke und zog ein langes Gesicht, als Simon und ich uns über sein Handy beugten.

Ätsch. Wenn die wüsste, dass ich auch weiß, wie sie sich bei der Herbstjagd hat abholen lassen, statt ihr Pferd zurückzureiten, wäre ihr Gesicht bestimmt noch länger.

Ramona hat sich nämlich den Knöchel verknackst. Angeblich. Nach zwei Sprüngen. Dabei ist sie nicht mal runtergefallen, wie soll das also gehen? Jedenfalls konnte sie danach nicht mehr springen und hat sich von ihrer Mutter abholen lassen. Herr Albrecht musste Lady Love am Zügel nehmen und zurückführen. Hat mir Isabell erzählt. Okay, sie hat nicht Ramona gesagt, sondern Rita, aber wenn man ein bisschen nachbohrt, bekommt man ganz gut raus, wen sie meint.

Immerhin sagte Ramona nichts, als sie an uns vorbeiging. Nicht mal Hallo.

„Könnt ihr euch nicht leiden?", fragte Simon mich, als Ramona außer Hörweite war.

„Ist das so offensichtlich?", entgegnete ich.

„Ja, schon." Er lachte. „Sie hat mir erzählt, dass du immer ganz gemein zu ihr bist."

„Ach", machte ich. „Hat sie dir auch erzählt, dass ich wegen ihr den Unfall mit meinem Bein hatte und sie ständig Unsinn über mich erzählt?"

„Nee. Das hat mir Opa erzählt. Das mit dem Unfall ist aber doch etwas übertrieben, oder?"

„Nein, ich habe sie extra gebeten, ihr Pferd mal festzuhalten, weil es sich total aufgeregt hat. Außerdem hätte sie eh nicht auf dem Platz longieren dürfen. Hat sie nicht gekümmert, und dann bin ich runtergefallen."

Ich fühlte mich im selben Moment ziemlich blöd. Das klang nach Petzliese. Aber es stimmt ja auch. Und Celine und ich sind nicht gemein zu ihr, sie ist diejenige, die immer Ärger sucht. Okay, wir lästern manchmal zu Hause über Ramona, aber da bekommt es ja niemand aus dem Stall mit. Ich würde nie zu irgendwem gehen und sagen, dass Ramona fies ist. Aber genau das hatte ich in diesem Moment dann doch getan. Ausgerechnet bei Simon. Jetzt wirke ich bestimmt wie eine doofe Zicke.

„Ach, manchen Leuten geht man besser aus dem Weg", sagte Simon. „Mit denen kommt man halt nicht auf einen gemeinsamen Nenner."

„Mache ich auch. Ich spreche einfach nicht mit ihr. Aber ich will gar nicht wissen will, was sie jetzt wieder erfindet, weil sie uns zusammen gesehen hat."

Simon lachte etwas ungläubig. „Wieso?"

„Na, weil sie eben so ist."

Zweiter Fehler. Thema war eigentlich schon durch – aber nein, Romi, das dusselige Suppenhuhn muss noch weitertratschen. Manchmal möchte ich mir am liebsten den Mund mit Sekundenkleber zukleben. Allerdings wird das dann mit dem Essen schwer, und heute gibt es Rouladen bei Mama. Ich meine, wer sagt schon Nein bei Rouladen?

„Ich denke nicht, dass sie schlecht über mich redet. Ich habe ihr ja gar nichts getan."

Hier klinkte sich dann auch mein Verstand mal ein und ich sagte diplomatisch: „Ja, wahrscheinlich hast du recht."

Übrigens – nein, hatte er nicht. Ramona lief direkt zu Laura ins Stübchen und erzählte der, sie hätte mich wild knutschend mit Simon in Zoras Box überrascht.
Wild knutschend … was stimmt denn mit der nicht? Die soll mal ihre Basis chillen! (Ich habe übrigens keine Ahnung, was das heißt, unsere Lehrerin hat das mal als hippen Jugendslang in die Schule mitgebracht, seitdem sagen Celine und ich das.)
Warum ich so gut informiert bin? Weil Celine nach mir im Stall war und mich anrief.
„Aber ihr habt nicht wirklich rumgeknutscht?!", fragte Celine mich dann noch mal eindringlicher.
„Nein! Ich steh überhaupt nicht auf Simon." Mann, warum wollen mir das alle andichten? Ich finde ihn nett. Mehr nicht. Und wenn ich mal geküsst werde, dann vielleicht bitte nicht im Stall, wo man voller Staub ist und total dreckig. Das stelle ich mir nicht sehr romantisch vor.

18. Oktober

Heute war ein super Tag. Ich hatte Reitstunde und vor allem richtig Glück, denn Herr Albrecht sprach mich danach an: „Möchtest du eigentlich beim Stallturnier mitmachen?"

„Jaaaaaa!", rief ich freudig durch die ganze Halle, sodass mich ein paar Reitschüler komisch anguckten. Natürlich will ich! Ich möchte auch gerne eine schöne Schleife haben, die ich mir erkämpft habe. Zora und ich schaffen das, das weiß ich.

„Dann müssen wir aber noch viel mehr an deinem Sitz im Galopp arbeiten. Beim Wettbewerb muss man nämlich auch Einzelgalopp und Gruppengalopp reiten."

Gruppengalopp – das böse Wort. Zora fand Gruppengalopp blöd. Erstens, weil sie weiter hinten in der Abteilung gehen muss und zweitens, weil sie nicht hinten bleiben will. Zora empfindet den Gruppengalopp mindestens als Misshandlung ihrer Seele und versucht deswegen, das Vorderpferd anzuknabbern, sodass es ihr Platz macht. Ich habe schon überlegt, ihr einen Maulkorb zu kaufen, aber ich glaube, so was ist wahrscheinlich nicht auf dem Turnier zugelassen.

Und dann ist da das Problem, dass sie sich im Galopp in der Gruppe kaum kontrollieren lässt. Im Gelände ist das kein Ding und im Trab auch nicht, aber wenn Zora in der Abteilung ist, dann merkt man sofort, wie sie immer wütender wird und irgendwann von den anderen Pferden genug hat. In Reitstunden ist der Gruppengalopp ein paar Mal ziemlich eskaliert. Einmal hat sie ein Kind vor mir gezwickt. Deswegen habe ich bisher auch nur viermal den Gruppengalopp mit Zora mitgemacht. Aber jetzt muss es ja sein. Kein Gruppengalopp, kein Turnier.

„Eventuell könnten wir ja mal gucken, ob Snoopy hinter ihr geht, der ist sehr langsam und lieb und der stört sie nicht so schnell", überlegte Herr Albrecht, der das Problem anscheinend auch schon erkannt hatte. „Oder Mucki."

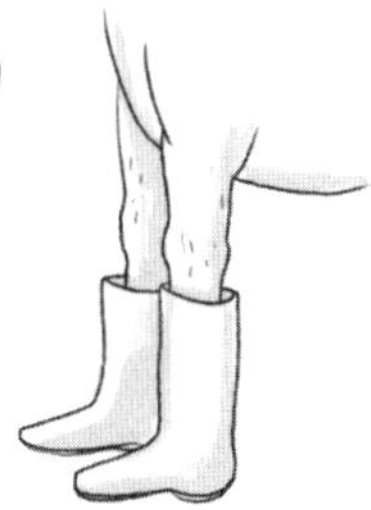

Mucki ist das kleinste Shetlandpony bei uns im Stall und ganz schwarz und dick. Aber Mucki wird von Miriam geritten, und die beneiden wir alle um ihren schönen Sitz. Miriam ist erst sieben, aber sie reitet besser als die meisten Älteren. Gegen Miriam sitze ich wie ein Eimer auf dem Pferd.
„Aber ich kann ja nicht wissen, ob Mucki in meiner Abteilung ist."
„Es sind nur zwei Abteilungen. Sonst musst du mal in der Abreitehalle gucken, wenn da die Pferde präsentiert werden. Vielleicht ist ein Langsames dabei", erklärte Herr Albrecht. „Ich kann dir nicht versprechen, dass wir ein Pferd da reinschmuggeln können, mit dem Zora sich versteht. Oder", er räusperte sich, „das sie zumindest nicht stört."
Ich bin also einerseits positiv aufgeregt, weil es mein erstes Turnier werden soll, andererseits auch nervös, weil Zora im schlimmsten Fall ein Problem mit allen anderen Pferden in der Halle hat, die ihr auf keinen Fall zu nahe kommen dürfen. Aber wir ziehen das durch!
Celine hat gegoogelt, dass man dem Pferd wohl eine rote Schleife in den Schweif bindet, was allen anderen Reitern signalisiert, dass es tritt. Das werde ich auf jeden Fall machen. Ansonsten fällt mir aber nichts ein.
Herr Albrecht hat zwar versprochen, dass wir üben, aber ich bin trotzdem nicht so sicher, ob man Zora dieses Problem

abgewöhnen kann. Sie ist in manchen Dingen sehr stur, und dass sie andere Pferde nicht sonderlich mag, möchte sie, glaube ich, definitiv beibehalten.
Hach, manchmal hätte ich gerne ein lieberes Pferd. Aber andererseits mag ich Zora, so wie sie ist, und dann verwerfe ich den Gedanken gleich wieder. Das gehört nun mal zu ihrem Charakter.
Letztens habe ich ein Gespräch zwischen Isabell und Laura gehört, in dem sie sich über Selbstläuferpferde unterhalten haben, und da hat Laura gesagt, dass Selbstläuferpferde zwar nett seien, um mal auf dem Turnier gut dazustehen, aber man eben auch nichts von ihnen lernen könne, weil es ihnen total egal ist, was der Reiter obendrauf macht.

So ist Zora ganz und gar nicht, da darf man nicht mal die Jacke falsch ausziehen, ohne dass sie sich daran stört und einen dafür bestraft. Wie oft meine Jacke schon im Dreck lag deswegen, kann ich gar nicht mehr zählen. Wenn man nicht ganz genau an die Bande reitet und der Stoff versehentlich das Holz berührt, dann flippt sie aus. Sie mag einfach das Geräusch nicht. Jedenfalls hängt man dann da, mit einem langen Arm und nur einem Zügel an der Hand, und Zora hüpft irgendwo in der Hallenmitte herum, bis man die böse Jacke loslässt.
Nun ja … dann geht es jetzt wohl ans Gruppengalopp üben.

24. Oktober

Unser Stallturnier rückt immer näher. Meine Fortschritte in immer weitere Ferne. Vorgestern bin ich kurz mit in die Abteilung einer Gruppenstunde gegangen, um zu üben. Drei Kinder fielen herunter und vier Mütter weinten.
Am nächsten Tag verbesserte ich meinen Schnitt um fünf Kinder und sechs heulende Mütter. Komplette Abteilung. Wie beim Kegeln. Zora bringt sie alle durcheinander. Vorgestern hat sie im Galopp das Vorderpferd gezwickt und ihm fast die

Hinterbeine weggetreten, gestern war sie weiter vorn und ist stehengeblieben – aus vollem Galopp.
Herr Albrecht kratzte sich am Kopf und wirkte etwas ratlos.
„Das üben wir morgen noch mal", sagte er und ich befürchte, das meint er auch so.
Mir war das alles total peinlich, als ich zum Putzplatz kam und mich sechs Elternteile sehr böse anguckten. Aber was soll ich machen? Ich versuche echt alles!
Als ich zu Hause war, fragte meine Mutter, was los sei.
„Ach, Zora ist so blöd in der Abteilung, sie mag das nicht", erklärte ich.

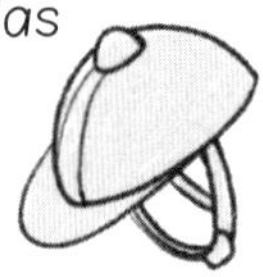

„Dann reite sie doch nicht in der Abteilung."
Mütter … manchmal verstehen die einfach nichts.
„Aber für das Turnier muss ich ja in der Abteilung sein", versuchte ich, ihr verständlich zu machen.
„Kannst du das nicht ohne diese Abteilung reiten? Das braucht doch bestimmt keiner."
„Mama, weißt du eigentlich, was eine Abteilung ist?"
„Nein. Ist das ein Kleidungsstück? Vielleicht gibt es das Secondhand?"
Äh … ja, danke fürs Gespräch.
Ich ging in mein Zimmer und durchforstete das Internet nach: „Pferd will nicht in der Abteilung gehen". Danach hatte ich diverse Gründe, die keinen Sinn ergaben: krank, Sattel passt nicht, Schabracke ist nicht schön genug, Pferd ist schlecht erzogen, Pferd hat ein Dominanzproblem, Pferd hat eine Stoffwechselstörung und Pferd wird nicht mit Halsring geritten.

Danke für gar nichts, Internet! Da ist ja meine Mutter hilfreicher, die die Abteilung für eine Turnierklamotte hält.
Vielleicht finde ich ein idiotensicheres Pferd als Bremsklotz, dem es einfach egal ist, was Zora dahinter veranstaltet. Aber wo bekommt man das her? Und wie kann mir jemand garantieren, dass es dann auch in meiner Abteilung ist?
Celine hat vorgeschlagen, irgendwem Geld zu geben. Oder einfach zu gucken, ob Ramona in der Abteilung ist, dann wäre zwar meine Prüfung nicht toll, aber wenn ich direkt hinter Ramona ginge, wäre ihre Prüfung immerhin auch versiebt.
Ha! Apropos Ramona, die hat einen ganz schönen Dämpfer von Simon bekommen, der sie ziemlich sauer angerufen hat, während Ramona auf der Tribüne an der Halle saß. Warum sie herumerzählen würde, dass ich mit ihm geknutscht hätte, und ob sie wohl keine Augen im Kopf hätte.
Wieso ich das weiß? Weil Ramona alle Telefonate mit Lautsprecher führt. Es war unmöglich, es nicht mitzuhören, wenn man in derselben Halle reitet. Nach den ersten Sätzen, die durch die Halle dröhnten, hat sie dann doch lieber ganz schnell auf leise gestellt, sodass ich den Rest von Simons Schimpftirade nicht mehr hören konnte. Jetzt glaubt die Sache mit dem Knutschen zum Glück niemand mehr.
Eins ärgert mich aber doch: Warum hat er ihre Nummer? Ich dachte, wir wären befreundet, aber meine Telefonnummer hat er nicht. Das klingt jetzt irgendwie verliebt, oder? Na gut, vielleicht war ich ein bisschen eifersüchtig.

26. Oktober

Zora hat mal wieder ganze Arbeit geleistet. Isabell hat sie morgens auf die Weide gestellt. Ich kam nach der Schule dazu, aber weil ich für die Deutscharbeit noch ein Buch zu Ende lesen musste (und das habe ich übrigens immer noch nicht), konnte ich nicht reiten und dachte mir, dass sie ja dann einfach einen Tag frei haben und diesen auf der Wiese genießen

könnte. Ich ging also nur kurz rein, um ihr Hallo zu sagen, und danach fuhr ich wieder nach Hause.

Was ich dabei vergessen habe: Zoras Tor ist normalerweise doppelt gesichert. Mit einer zusätzlichen Schlaufe um das Eisentor. Die habe ich aber nicht wieder drübergezogen.

Tja … und dann kam der Anruf: „Romi, dein Pferd läuft auf der Landstraße herum. Komm bitte schnell!“ Es war Laura.

„Mama!“, brüllte ich in Panik. „Wir müssen zu Zora, sie ist von ihrer Weide abgehauen!“

Meine Mutter war ganz erschrocken, schickte dann aber doch lieber meinen Vater, weil es draußen regnete und stürmte und sie fand, dass sie sowieso nicht hilfreich sei, da sie ja keine Ahnung von Pferden habe. Hat Papa auch nicht.

Als wir beim Stall ankamen, sah ich schon ganz viele Leute mit Regenmänteln und Lichtern, die im angrenzenden Feld standen. Ich sprang aus dem Auto und ließ meinen Vater stehen, um mit irgendwem zu sprechen, der mir überhaupt sagen konnte, was passiert war.

Ich fand Laura, mit Futtereimern rasselnd, neben dem Springplatz, wo sie ein paar Pferdenamen in die Dunkelheit brüllte.

„Laura, was ist passiert?", rief ich ängstlich.
Immerhin war mein Pferd ja irgendwo da draußen.
„Ach, ich habe doch keine Ahnung. Da sind einige Weidezäune kaputt und Zora, Robillard, Silver und Fiederblume sind draußen. Keine Ahnung, wieso die Zäune kaputt sind, aber bei den Nachbarn war das letztens auch erst, da hat jemand die Elektrozäune zerschnitten."
Erschrocken lief ich neben ihr her, als sie weiterging und wieder begann, Namen zu rufen.
„Du, was mache ich denn jetzt?", fragte ich etwas hilflos.
„Die Polizei hat die Straße schon abgesperrt, sie treiben die Pferde hoffentlich gleich in unsere Richtung und dann kommen sie in den Stall. Die werden bestimmt Hunger haben."
Mein Papa kam auch dazu, unterhielt sich kurz mit Laura und meinte dann zu mir: „Ich denke, du kannst nicht viel ausrichten. Geh doch schon mal zur Stallgasse und mach Zoras Box auf."
„Ich möchte hierbleiben. Nachher rennt sie noch weg oder so, sie ist manchmal etwas komisch", erklärte ich ihm.
Bei Zora muss man schließlich auf alles gefasst sein. Auch darauf, dass sie die Polizisten niederschlägt und ihnen ein Polizeiauto klaut, um damit eine Spritztour zu machen.
Ich sah ganz viele Lampen im angrenzenden Feld, wo es zur Straße und dann in den Wald geht. Hoffentlich sind die Pferde nicht im Wald, dachte ich.

Ich ging also weiter den Lichtern hinterher, und dann wurde das Geschrei lauter und ich hörte auch Hufgetrappel.
Die Pferde kamen auf dem Weg zwischen den Weiden und dem Springplatz vorbei.
Ich atmete erleichtert auf. Sie waren zwar noch nicht eingefangen, aber jetzt konnten sie auch nicht so schnell weg, weil wir überall standen. Und die meisten Pferde rennen keine Leute um.
Ich rief: „Zoooora", und tatsächlich sah sie mich an, während sie munter hinter Robillard, dem Wallach von Herrn Bruck, hergaloppierte. Ach, dachte ich sauer. DA kann sie dann hinter anderen Pferden galoppieren!
Jedenfalls sah sie mich. Spitzte die Ohren. Wurde ein bisschen langsamer und blieb kurz stehen, aber als ich mich näherte, um sie am Halfter zu fassen, sprang sie in die Luft und hüpfte davon, als wollte sie mit mir spielen.

Ich hörte diverse Leute rufen und tatsächlich hatte schon jemand Fiederblume eingefangen, die als Erste über den Weg gekommen war.
Der Kreis aus Leuten zog sich immer enger zusammen und Laura stürzte sich wagemutig auf Silver, der ganz nah vorbeilief, und griff ihm ins Halfter.
Nach und nach waren dann alle Pferde eingefangen, bis auf Zora, die jedem auswich und dann in Richtung Stallgasse abzischte. Zum Glück hatte jemand das Tor auf der Hinterseite des Stalls geschlossen, sonst wäre sie wohl geradewegs einfach wieder in die Freiheit galoppiert. So bog sie direkt in ihre Box ab, wo sie vor der geschlossenen Tür stehenblieb.
„Puh", machte ich. „Du bist doch wohl echt ein bescheuertes Huhn."
Zora ging seelenruhig in ihre Box und soff aus der Tränke. Als hätten sie nicht gerade zwanzig Menschen durch die Nacht gejagt.
Papa kam dazu, ganz außer Atem. „Na, das ist ja noch mal gut ausgegangen", japste er.
Inzwischen waren wir ganz durchnässt.
„Sollen wir noch einen heißen Kakao im Stübchen trinken?", fragte er mich.
Ich nickte und merkte erst jetzt, wie viel Bammel ich eigentlich hatte, dass Zora etwas zustößt. Außerdem wollte ich sowieso fragen, wie das überhaupt passiert war.
Als wir ins Stübchen kamen, waren die anderen schon da und diskutierten lautstark über den Vorfall.

„Das ist bestimmt wie beim Sanger-Hof", sagte jemand. „Alle Zäune kaputt geschnitten in der Nacht."
„Nein, das war runtergetrampelt", antwortete Isabell darauf, die am Tresen stand. „Ich denke, da ist einfach irgendein Pferd durch den Zaun gegangen. Es sind fünf Zäune kaputt, nur sind nicht alle Pferde raus. Die Sangria stand noch ganz artig auf der Weide und Rosenpurpur auch."
„Vielleicht hat sie was erschreckt", überlegte Laura, die gerade Tee ausschenkte. Als sie mich sah, fragte sie: „Auch einen?"
„Falls ihr habt, zwei Kakao", sagte mein Vater und legte das Geld auf die Theke.
Als Laura mir den Kakao reichte, flüsterte sie: „Zoras Tor war heute aber nicht richtig zu. Hat sie das aufgemacht?"
„Nein", sagte ich ganz belämmert. „Das habe bestimmt ich vergessen."
„Na, ich verrate dich nicht, sonst habt ihr richtig Stress mit der Versicherung. Aber beim nächsten Mal musst du bitte unbedingt dran denken, ja? Ich will nicht sagen, dass es Zora war, aber wenn das Tor nicht richtig verschlossen war, dann kann es gut sein, dass sie die ganzen anderen Pferde aufgeregt hat."
Ich kann es mir in etwa vorstellen ...
Es war wirklich sehr lieb von Laura, dass sie mich nicht verpfiffen hat.
Celine habe ich allerdings schon davon erzählt. Die will nämlich Versicherungskauffrau oder Anwältin werden und hat sich direkt im Internet kundig gemacht: „Das muss dir erst mal jemand beweisen", sagte sie.

Stimmt zwar. Aber ich kann mich auch sehr gut daran erinnern, dass ich das Tor nicht doppelt geschlossen habe. Also war das auch meine Schuld. Ich will gar nicht wissen, was das gekostet hätte. Aber ich will auch nicht, dass Herr Albrecht es bezahlen muss, wenn es nachher meine Schuld war. Ich werde jedenfalls nie wieder vergessen, das Tor richtig zu schließen.

03. November

Das Abteilungsproblem scheint sich damit zumindest erledigt zu haben, denn seit Zora munter hinter Robillard hergaloppiert ist, kann ich jetzt in einer Abteilung reiten, ohne sie auseinanderzunehmen. Vielleicht hat Zora ja was draus gelernt.
Gestern bin ich dann zu Herrn Albrecht gegangen, um ihm das mit dem Weidetor zu beichten. Das brannte mir einfach auf der Seele.
„Herr Albrecht, es tut mir total leid, ich glaube, das war meine Schuld, ich habe Zoras Tor nicht richtig geschlossen."
Herr Albrecht sah mich ganz verwundert an.
„Wie soll Zora denn durch alle Zäune gehen, wenn sie draußen ist? Dass sie mit draußen war, war vielleicht deine Schuld. Aber ich denke, die Absperrungen waren einfach durch. Ich

habe vorhin noch mal nachgeschaut und gesehen, dass sie ganz rissig sind. Die muss man hin und wieder mal tauschen. Jetzt ziehen wir fürs Frühjahr neue, und die Weiden muss ich dann leider so lange sperren."

„Ja, aber kann das nicht Zora gewesen sein?", fragte ich vorsichtig.

„Dann hätte sie auf andere Weiden springen müssen, um da die Zäune kaputt zu machen. Also, ich weiß ja, dass das Pferd nicht ohne ist, aber so kriminell ist sie dann auch wieder nicht."

Ich lachte erleichtert. Jetzt muss ich mich wenigstens nicht mehr schlecht fühlen, weil Herr Albrecht vielleicht wegen mir so viel Geld ausgeben muss.

„Ein Gutes hat es ja, sie hat offenbar keine Lust mehr, alle Pferde in der Abteilung umzuboxen", meinte er und ging dann augenzwinkernd in die Halle, wo seine Reitschüler warteten.

Ich stand etwas perplex mitten im Gang und lief dann zurück zu Zora, die auf dem Winterpaddock stand. Keine Weide mehr für sie bis Frühjahr. Allerdings sind die Winterpaddocks groß und sie kann sich da schön wälzen. Und Heu gibt es dort auch immer. Das einzige Problem daran: Zora kann nicht mehr ihren Luxus genießen, nur mit einem Pferd zu stehen. Sie ist zu zehnt mit anderen, weil auch nicht unendlich Platz auf dem Hof ist.

Offensichtlich störte sie das aber gerade gar nicht, sie stand ganz zufrieden an der Heuraufe und hatte die Augen geschlossen, während eins von den Schulpferden sich neben ihr wälzte.

„Dir hat der Ausflug ja wohl richtig gefallen", neckte ich sie, auch wenn sie natürlich kein Wort verstand.
Pferde verstehen nur, wie man etwas sagt. Und dann kann man auch sagen: „Ich esse dich nachher mit Rotkohl als Beilage." Das Pferd freut sich trotzdem, wenn der Tonfall nett ist.
Eigentlich wollte ich mit Zora spazieren gehen, aber da es anfing zu regnen und ich wenig Lust darauf hatte, nass zu werden, schaute ich ihr ein bisschen zu. Allerdings wurde ich dann trotzdem nass, weil es einfach nicht aufhörte zu regnen und ich dummerweise mit dem Fahrrad da war.
Wann ist noch gleich wieder Sommer?

05. November

Ich bin so aufgeregt. Nächsten Sonntag ist das Stallturnier – und damit mein erstes! Ich kann kaum schlafen.
Celine ist auch schon ganz hibbelig und schickt mir ständig lustige Bilder oder Gifs von Pferden, die sich so gar nicht gut auf dem Turnier präsentieren.
Eigentlich finde ich so was ja auch lustig, aber vor dem Turnier will ich das, ehrlich gesagt, nicht sehen. Ich muss

immer an das Mädchen mit dem Pony denken, das sich in der Grußaufstellung wälzt. Oh Gott, hoffentlich tut Zora das nicht.
Ich weiß mittlerweile auch, dass Ramona definitiv ebenfalls am Reiterwettbewerb teilnehmen wird. Ich hoffe, ich bin nicht mit ihr in einer Abteilung. Ich verstehe nicht, warum sie überhaupt mitmacht, weil sie ja schon mehrfach in einer E-Dressur und in einem E-Springen gestartet ist.

Naja, wir haben noch einmal die Abteilung probiert und da hat alles ohne Probleme geklappt. Zora ist ganz lieb hinter den anderen hergelaufen, auch im Galopp, selbst als sie ein bisschen schneller wurde, weil ich zu viel Abstand ließ.
„Warum schließt du nicht auf?", fragte Herr Albrecht danach.
„Weil sie vielleicht wieder doof wird", sagte ich.
„So ein Quatsch. Die Richter sehen das nicht gerne und außerdem hältst du sie dann davon ab, sich der Gruppe anzuschließen. Kein Wunder, dass sie unruhig ist und hinterher will, damit sie den Anschluss nicht verpasst. Wer in der Natur zurückbleibt, den fressen die Raubtiere."
Das leuchtete mir ein und danach versuchte ich, dichter an den anderen dranzubleiben. Das klappte eigentlich ganz gut.
Allerdings war vorn ein Mädchen mit einer Traberstute und die Stute weiß auch ganz genau, was sie ist. Wenn die trabt, kommt so schnell keiner mehr mit. Deswegen hatte das Mädchen auch alle Mühe, die Abteilung zusammenzuhalten.

Nach der Stunde räumte ich meinen Krempel zusammen und fuhr (schon wieder) mit dem Fahrrad durch den Regen nach Hause.
Jetzt schreibe ich mal wieder in der Badewanne, weil ich verdammt kalte Füße hatte.

Ich bin so aufgeregt wegen des Turniers! Mittlerweile kann ich nämlich nicht mal mehr schlafen. Mama und Papa haben gesagt, dass sie auf jeden Fall zuschauen. Mama macht ihr Versprechen also wahr. Hört, hört! Das freut mich irgendwie.

11. November

Was für ein Mist, was für ein Chaos, was für ein Schreck.! Ich weiß gar nicht genau, wo ich anfangen soll. Ich bin immer noch total k.o. von gestern Nacht, sodass ich ganz froh bin, dass heute Samstag ist.
Papa fuhr mich gestern in den Stall, weil er sowieso zum Baumarkt wollte. Und ich wollte natürlich noch meine Generalprobe für den Reiterwettbewerb reiten, bevor ich dann später Zora einflechten wollte, um sie hübsch zu machen.
Als ich in die Stallgasse kam, stand Laura vor Zoras Box.

„Huhu“, rief ich ihr von Weitem entgegen, aber Laura sah irgendwie besorgt aus.
Zora lag in ihrer Box, was sie sonst nie macht. Ich habe sie noch nie im Liegen schlafen gesehen.
Also ging ich rein und wollte sie streicheln, aber sie beachtete mich gar nicht. Ihre Nüstern zeigten zum Bauch und sie brummelte ganz komisch.
„Ich glaube, sie hat eine Kolik.“ Laura schaute mich besorgt an. „Komm, versuch sie mal, zum Aufstehen zu bringen, und dann rufe ich den Tierarzt.“
Eine Kolik ist furchtbar, Herr Albrecht hat schon einmal ein Schulpferd dabei verloren. Es ist also eine wirklich ernste Krankheit, auch wenn sie sich beim Menschen nur auf „Bauchschmerzen“ übertragen lässt. Beim Pferd ist das aber viel schlimmer, weil sich die Organe drehen können. Dann braucht das Pferd eine Operation oder zumindest eine Tierklinik, damit Spezialisten ihm helfen können.
Ich muss ganz blass geworden sein, weil Laura fragte, ob alles mit mir in Ordnung sei. Ich nickte nur und befestigte den Strick an Zoras Halfter, um sie hochzuscheuchen.
Ich weiß nämlich, dass Pferde mit Kolik sich nicht hinlegen dürfen, um sich zu wälzen. Wenn sich der Darm verlagert, können sie daran sterben.
„Komm schon“, bat ich Zora, aber sie rührte sich nicht.
Sie deutete die ganze Zeit mit der Nase auf ihren Bauch und wollte sich nicht zum Aufstehen überreden lassen. Ich spürte plötzlich einen dicken Kloß in meinem Hals.

„Bitte, bitte", flehte ich sie an und klopfte ihr auf den Hintern, was sie endlich zum Aufstehen brachte.

Normalerweise hätte ich das nie gemacht und wenn, dann nicht ungestraft, denn so was kann Zora ja gar nicht leiden. Aber jetzt stand sie nur auf wackeligen Beinen da und ließ den Kopf hängen.
„Geh mit ihr durch die Halle", wies Laura mich an und ich zwang Zora mitzukommen. Als sie aber schon auf dem Weg zur Halle immer wieder stehenblieb, nahm ich mir eine Gerte, die in der Ecke lehnte, und tippte sie damit beim Laufen an.
Herr Albrecht war ganz verwundert, mich mit Zora zu Fuß zu treffen.
„Sie hat eine Kolik, glaube ich", erklärte ich bang und Herr Albrecht sah Zora prüfend an, drückte gegen ihren Bauch und meinte dann, dass sie ganz aufgegast sei und ob der Tierarzt schon benachrichtigt worden wäre.
War er. Nur kam er nicht. Ich lief eine Stunde mit Zora durch die Halle und musste zweimal mit ihr kämpfen, damit sie sich nicht hinlegte, bis endlich der Tierarzt kam.
Herr Doktor Reuter heißt er, und ich habe ihn noch nie getroffen, weil Zora bisher nicht krank war.
Sie wurde abgetastet, untersucht und bekam dann Spritzen, damit sich die Krämpfe lösten.
Am meisten Sorgen machte ich mir, weil Zora sich so gut beim Tierarzt benahm. Normalerweise hätte sie empört gestampft

und versucht, irgendwie wegzukommen. Dass sie so gar nichts tat, machte mir mehr Angst als alles andere. Daran konnte man sehen, welche Schmerzen sie haben musste. Nachdem der Tierarzt vom Hof gefahren war, musste ich Zoras Box leer räumen, damit sie nichts mehr fressen konnte. Das sollte sie nämlich erst morgen wieder und dann nur leicht verdauliches Futter.

Ich blieb ganz lange bei ihr und streichelte sie. Ich glaube, sie hat gemerkt, dass wir ihr helfen wollten, denn sie war ganz lieb und ruhig. Als sie sich irgendwann hinlegte, ließ sie sogar ihren Kopf auf meinen Schoß nieder und schlief ein. Das hat sie noch nie gemacht. Ich glaube, sie konnte besser schlafen, weil ich bei ihr geblieben bin.

Das war es dann übrigens mit meinem Turnier. Zora erholt sich ja nicht bis übermorgen von einer Kolik. Und selbst wenn

sie normal wirken sollte, könnte es ihr ja immer noch schlecht gehen. Oder es könnte ihr nach dem Turnier schlechter gehen, und das will ich nicht.

Sie soll sich jetzt erst mal ausruhen und dann kann ich irgendwann anders ein Turnier reiten. So wichtig ist das auch nicht.

Herr Albrecht versprach mir, nach Zora zu sehen und mich anzurufen, falls es ihr schlechter gehen sollte.

Mama geht es jetzt übrigens auch schlechter. Sie hat die Tierarztrechnung gesehen, die ich ihr präsentiert habe.

13. November

Eigentlich wäre heute der große Turniertag gewesen, doch das hat sich ja mit der Kolik erledigt. Aber das macht mir nichts. Zora geht es gut und das ist die Hauptsache. Ich fuhr natürlich trotzdem hin, um mit Zora ein bisschen spazieren zu gehen, bis der Trubel anfing, und auf jeden Fall auch, weil ich Celine anfeuern wollte.

Ich war zwar ganz früh da, doch der ganze Stall war schon voller Leute. Ich kann mich gar nicht daran erinnern, unseren Stall sonntagmorgens je so belebt gesehen zu haben.

Drei Frauen flochten ihre Pferde ein, vor meiner Box und hinter meiner Box wurden Sättel geputzt, überall rannten Menschen herum. Um neun begann nämlich schon die E-Dressur und da waren einige Reiter dabei. Auch aus fremden Ställen, der ganze Parkplatz war voller Pferdehänger und in einigen Boxen standen fremde Pferde. Ich ging mit Zora ein bisschen um die Weiden und ließ sie ein paar Halme zupfen, aber so richtig Hunger hatte sie noch nicht. Als wir zurückkamen, war Zora schon etwas besser gelaunt und sie begann, auf dem Hof herumzutänzeln und zu wiehern, weil ihr scheinbar erst jetzt die fremden Pferde und Hänger auffielen. Vielleicht ist sie auch nur ein Morgenmuffel und so früh noch nicht aufnahmefähig. Bin ich nämlich auch nicht. Morgens bin ich froh, wenn ich den Weg zur Schule finde und niemanden erwürge, weil er laut ist.

Ich zog Zora eine Decke an und brachte sie auf den Paddock, wo sie ein bisschen Ruhe vor dem Turniertrubel hatte. Mittlerweile war es nämlich richtig laut im Stall.

Als ich vom Paddock zurückkam, ging ich Celine suchen und fand sie vor Snoopys Box. Snoopy war schon dick eingepackt, um nachher für den Reiterwettbewerb sauber zu sein.

Die Besitzerin von Snoopy war auch da, um Celine die Daumen zu drücken.

„Ach, Romi, du hast aber auch ein Pech“, meinte sie zu mir. „Aber Zora geht es jetzt besser, oder?“

„Ja, der Tierarzt hat gesagt, sie könne ab nächster Woche wieder leicht geritten werden, wenn sie wieder besser bei-

sammen ist. Gestern und heute Morgen war sie noch ganz schön müde", erklärte ich.
„Wollen wir die E-Dressur anschauen?", fragte Celine. „Bis ich dran bin, ist noch ewig Zeit. Und wir müssen unbedingt die M-Dressur heute Nachmittag ansehen. Isabell reitet auch mit."
Irgendwie hatte ich Isabell nie als erfolgreiche Turnierreiterin wahrgenommen, weil sie immer so zerstreut ist.
Celine und ich liefen rüber zur Halle, wo bereits die dritte Abteilung in der E-Dressur in vollem Gange war.
Ich sah nur zwei Reiter von uns, alle anderen waren von außerhalb.
Erst nach der nächsten Abteilung bemerkte ich Ramona, die hinter uns in voller Turniermontur saß.
„Na, reitest du gar nicht?", fragte sie mich spöttisch, als sich unsere Blicke begegneten.
„Nee?" Mittlerweile hatte es sich ja nun mehr als nur herumgesprochen, dass Zora krank war.
„Hattest du Angst, dass du nicht platziert wirst, oder warum hast du abgesagt?"
Ein Mädchen mit blonden Locken kicherte neben ihr.
„Zora hatte vorgestern eine Kolik. Da reite ich ganz bestimmt heute kein Turnier mit ihr", antwortete ich wütend.
„Ach komm, das hast du dir doch ausgedacht. Ausgerechnet vor dem Turnier? Du wolltest bestimmt nur nicht in der Abteilung galoppieren."
Da konnte ich es mir nicht verkneifen: „Besser absagen, als ohne Wertnote rausgehen."

Ramona wurde ziemlich blass, als ich das sagte. Celine kicherte lautlos in sich hinein.

Garantiert wird Ramona sich dafür rächen, aber wer so blöde Sprüche austeilt, muss auch einstecken können.

„Warst du nicht Zweite beim letzten Turnier?", fragte das Mädchen neben ihr flüsternd, als Celine und ich uns wieder umgedreht hatten. „Du hast mir doch sogar die Schleife gezeigt."

Wo sie die wohl herhatte?

Celine formte stumm mit den Lippen das Wort „EBAY!", und ich musste ebenfalls lautlos lachen.

Als es langsam Mittag wurde, verkrümelten Celine und ich uns in Snoopys Stall, weil wir ihn noch schnell auf Hochglanz bürsten wollten.

Celine war mit Angela, Ramona, Linda und zwei fremden Reitern in der Abteilung und freute sich eigentlich sehr über die Konstellation.

Angela war nett und Linda hatte ein totbraves Pferd. Na ja … und dann war da halt noch Ramona.

„Ich werde mich besonders anstrengen, um vor ihr platziert zu werden", versprach mir Celine.

Mittlerweile konnte man Celine anmerken, dass sie etwas nervös war. Zum Glück kam gerade Laura um die Ecke, die den letzten Gesprächsfetzen anscheinend gehört hatte.

„Du machst das so wie immer und schlägst Ramona ganz locker", sagte Laura.

„Ich weiß nicht. Sie hat doch ein Dressurpferd und so."

Ich zuckte die Schultern. „Dressurpferd hin oder her. Das interessiert doch beim Reiterwettbewerb gar nicht. Da wird nur auf dich geguckt."
Als wir zur Abreitehalle gingen, war dort richtig was los. Ein paar Leute ritten aus der vorherigen Abteilung trocken, andere machten sich warm, obwohl noch ziemlich viel Zeit war. Portofino schwitzte schon enorm und Ramona galoppierte durch die Halle. Komisch, dass sie nicht auf Lady Love ritt. Aber die ist ja eher fürs Springen, wie sie großspurig erklärt hatte.
„Dann Hals und Bein", sagte Laura.
„Viel Glück, Celine!", rief ich, aber Laura hielt mir lachend den Mund zu.
„Das sagt man nicht. Die Jockeys sagen Hals und Bein!"
„Sie ist doch gar kein Jockey."
„Psst."
Laura und ich beobachteten Celine eine ganze Weile, aber Snoopy war zuverlässig wie immer. In der Halle, in der die Prüfungen stattfanden, wurde gerade applaudiert, sodass ich mir in etwa ausrechnen konnte, dass Celine in knapp zwanzig Minuten dran war.
„Bitte mal alle, die nicht gerade warmmachen, aus der Halle raus", hörte ich Isabell hinter mir rufen. „Hier sind viel zu viele Leute."
Dann sah sie mich. Und erinnerte sich ausgerechnet heute an meinen Namen!
„Romi! Gut, dass du da bist. Kannst du für mich einspringen mit Platzdienst? Es dürfen nie mehr als zwei Ab-

teilungen drinnen sein. Hier." Damit drückte sie mir eine Liste auf einem Klemmbrett in die Hand. „Da kannst du gucken, wer rein darf und wer nicht."
„Ähm", konnte ich nur machen, denn Isabell zog auch noch ihre Weste mit der Aufschrift „Staff" aus und reichte sie mir.
„Wenn sich einer beschwert, sagst du, er soll zu mir kommen. Ich bin in der Turnierhalle."
Ich sah Laura etwas ratlos an, aber die zuckte nur mit den Schultern. „Zeig mal her."

Gemeinsam fanden wir auf der Liste die Startnummern, die sich aus der Halle entfernen sollten, und sprachen die Leute an. Manche waren verständnisvoll und nett, andere begannen sofort zu diskutieren, dass sie mit ihrem schwer schwitzenden Pferd auf gar keinen Fall auf den Außenplatz gehen könnten, obwohl es ungewöhnlich warm draußen war und die Sonne schien. Außerdem hatten sie alle Abschwitzdecken, und Pferde sind jetzt generell nicht aus Zucker.
Die letzte Abteilung blieb allein in der Halle zurück und Celine trabte und galoppierte noch einmal an, bevor sie Snoopy Schritt gehen ließ. Ob Ramona je aufgehört hatte zu galoppieren, wusste ich gar nicht, denn immer, wenn ich hingesehen hatte, war sie im Galopp gewesen. Na ja, musste sie ja wissen. Nicht mein Problem.
„Möchtest du bei Celine zugucken? Dann vertrete ich dich hier", bot Laura an.
„Das wäre super nett", rief ich und reichte Laura das Klemmbrett.

Wir hörten erneut Applaus und dann war es auch für Celine so weit. Ich begleitete sie, hinter Ramona, in die Halle mit der Tribüne und wünschte ihr noch mal viel Glück (obwohl man das ja gar nicht macht) und kletterte dann schnell die Stufen zur Tribüne hoch, um ein Video zu drehen.

Celine reihte sich direkt mit Snoopy hinten ein, weil er das kleinste Pferd in der Abteilung war und damit auch das langsamste.

Ramona ging selbstsicher an zweiter Stelle, den ersten Platz hatte ihr ein Mädchen auf einem riesigen Schimmel von außerhalb weggeschnappt.

Tja ... und dann erklärte sich quasi von selbst, wieso man sein Pferd nicht schon vor der Prüfung total auspowern sollte. Portofino schlurfte langsam hinter dem fremden Pferd im Trab her und Ramona musste die ganze Zeit mit den Schenkeln nachtreiben, regelrecht jeden Schritt. Und wenn man die ganze Zeit treiben muss, dann zieht man eben manchmal die Ferse ungünstig hoch. Dabei fällt man schnell nach vorn.

Celine saß richtig toll. Ein bisschen neidisch war ich schon – das hätte auch meine Abteilung sein können.

Als es dann an den Gruppengalopp ging, hatte Portofino keine Puste mehr und weigerte sich anzugaloppieren, während das Mädchen auf dem Schimmel locker, flockig galoppierte und Ramona den Rest der Abteilung blockierte. Bis auf Celine. Weil Snoopy ja eh nicht so schnell war, hatte sie gar kein Problem, bei diesem Tempo zu galoppieren.

Ich zoomte mit dem Handy ganz nah Celine ran, damit sie später auch ihren Sitz angucken konnte, und fand, dass sie definitiv besser ritt, als die auf dem Schimmel. Und die zwei anderen konnten ja nicht galoppieren, weil Ramona den Anker geworfen hatte. Wenn auch unfreiwillig.
Es gelang ihr bis zum Ende der Prüfung nicht, Portofiiiino zum Galopp zu bewegen, nicht mal im Einzelgalopp.
Deswegen gab es für Ramona auch nur eine Salatschleife und für Celine den zweiten Platz! Das Mädchen auf dem riesigen Schimmel hatte gewonnen, auch wenn ich Celine viel besser fand.
Aber das war uns egal. Zweiter Platz ist trotzdem toll!
Laura lud uns danach auf Kakao und Kuchen ein und wir feierten Celines zweiten Platz lautstark im Stübchen.

17. November

Zora ist wieder fit. Das hat sie mir auf zoratypische Weise gezeigt, indem sie mir auf dem Weg vom Paddock zum Stall eine lange Nase drehte und einfach weglief. In die Futter-

kammer. Wo sie erst mal viel zu viel Hafer inhalierte, sodass ich ganz panisch wurde. Schließlich hatte sie ja gerade erst eine Kolik.

Da aber noch kein panischer Anruf aus dem Stall kam, gehe ich davon aus, dass sie es ganz gut verkraftet hat. In dem Moment jedoch hätte ich sie am liebsten zum Mond geschossen. Noch mal krank werden muss sie ja nun wirklich nicht.

Dummerweise kann man bei Pferden ja nicht an den Verstand appellieren. Also konnte ich nur mit ihr schimpfen, während ich sie zurück zum Putzplatz brachte. Manchmal ist dieses Pferd echt unfassbar störrisch. Und so doof. Wie kann man sich denn nach einer Magenverstimmung so den Wanst vollschlagen?

Ich hatte keine Reitstunde und auch nicht so richtig Lust zu reiten, weswegen ich Zora nur eine Trense anzog und dann mit ihr spazieren ging. Dabei kam ich an Ramona vorbei, die mit Portofino auf dem Hof stand und mit Michelle und Marie sprach.

Als ich vorbeilief, hörte ich genau: „Man kann ja nicht immer gut sein. Aber Romi zum Beispiel ist gar nicht angetreten, das ist ja wohl peinlich.“

Ich ging zwar weiter, aber ich konnte Maries und Michelles Blicke regelrecht im Rücken spüren.

Dabei hat Marie doch sogar gesehen, wie ich geübt habe, ich war schließlich mehrfach mit ihr in der Abteilung. So was …

Ich ging eine ganze Weile mit Zora über die Felder, wo sie hier und dort mal stehenblieb und ein bisschen Gras rupfte, das noch auf den Feldwegen übrig war, aber viel ließ ich sie nicht futtern – sie hatte ja schon gegessen.

Als ich zurück zum Stall kam, sah ich etwas Erstaunliches: Celine und Ramona. Und Celine schnauzte Ramona an. Was davor gesprochen worden war, wusste ich zwar nicht, aber ich hörte Celine brüllen: „Wie kann man eigentlich so einen Scheiß erzählen? Erst hast du rumerzählt, Romi hätte Angst vor ihrem Pferd und wäre zu dumm, es festzuhalten, dann, Romi würde mit Simon knutschen, und jetzt behauptest du, dass Romi Angst vor einem Turnier hätte. Dabei warst du nur happy, dass du nicht gegen sie antreten musstest, weil sie viel besser reitet als du. Eigentlich ist am Turniertag sowieso jeder besser geritten als du!"

Ich wusste gar nicht, was ich dazu sagen sollte. Ich war Celine wirklich dankbar dafür, dass sie Ramona mal die Meinung sagte, aber irgendwie war es mir auch unangenehm, das nicht selbst zu tun.

Ramona antwortete: „Ich kann ja nichts dafür, dass deine kostbare Romi so Allerhand treibt, wenn sie hier im Stall ist. Jeder weiß das doch."

„Weil DU ihr das alles andichtest", fauchte Celine.

Das reichte mir. Ich ging dazwischen und nahm meine beste Freundin am Arm. „Komm Celine, die ist es nicht wert, dass du überhaupt mit ihr diskutierst. Aus ihrem Mund kommt sowieso nur Unsinn."

Wir ließen Ramona einfach stehen und brachten Zora in ihre Box.

„Warum hast du das gemacht?", fragte ich Celine.

„Weil sie so viel Blödsinn erzählt. Als meine Mutter mich eben abgesetzt hat, habe ich mitbekommen, dass sie nur noch ein Thema kennt: dich. Sie hat einfach alle Leute vollgelabert. Es ist furchtbar."

„Danke", meinte ich und kniff ihr in den Arm. „Das ist so lieb von dir. Aber jetzt erzählt sie bestimmt auch Käse über dich."

„Soll sie ruhig", schnaubte Celine. „Dann wird sie mich kennenlernen."

„Ach, lass sie uns wirklich lieber ignorieren. Wir fahren damit besser. Immerhin sind ja schon genug Leute von ihr genervt. Nachher denken die noch, wir wären auch so."

Celine seufzte. „Vielleicht hast du recht. Aber auch wenn es kindisch klingt: Ich hätte sie gerne mal an den Haaren gezogen oder in den Matsch geschubst."

23. November

Puh, mittlerweile ist es richtig früh dunkel und das heißt, ich darf auch nicht mehr so lang im Stall sein, wenn ich mit dem Fahrrad draußen bin. Meine Mutter will nicht, dass ich nach Hause komme, wenn es stockduster ist. Ich kann sie zwar

J verstehen, aber ich kann Zora ja schlecht deswegen im Winter abgeben oder mit ihr in die Karibik fliegen, nur damit ich nicht im Dunkeln nach Hause komme. Abholen will Mama mich nämlich nicht jedes Mal. Deswegen ist es dieser Tage ein ziemlicher Kampf, zum Pferd zu fahren.

Im Stall ist es momentan wirklich gut. Ich weiß nicht genau, was passiert ist, aber Ramona wirkt ruhiger. Vielleicht bekomme ich auch nur nicht mehr so viel mit. Oder es ist mir einfach egaler, weil ich nicht mehr hinhöre, wenn sie blubbert. Ich habe sowieso viel zu viel Zeit damit verschwendet, mich über sie zu ärgern. Jetzt kommt auch bald Weihnachten und da soll man ja eh besinnlich sein. Celine und ich waren am Wochenende auch besinnlich, denn wir sind den ganzen Tag im Pyjama herumgerannt und hatten Plüschschluppen an. Das war so lang cool, bis wir uns ausgesperrt haben. Mama und Papa waren wandern und so mussten wir Tante Thea anrufen, die einen Zweitschlüssel hatte und uns dann wieder reinließ. Natürlich nicht ohne zu meckern.

Celine und ich haben beschlossen, dass wir nächstes Jahr auf jeden Fall das Reitabzeichen machen. Ihre Mutter hat schon Ja gesagt und ihr angeboten, Celine den Lehrgang fürs Reitabzeichen und den Basispass zum Geburtstag zu schenken. Mit dem Reitabzeichen darf man nämlich andere Prüfungen als die popeligen Reiterwettbewerbe absolvieren.

Das Hauptproblem wird meine Mutter, die das Reitabzeichen zu teuer findet. Vielleicht muss ich mich wieder in Schränken verstecken und Lieder dichten.

28. November

Heute ging es hoch her in der Reitstunde, was eventuell an Isabell lag, die alles durcheinanderschmiss, was nur ging. Zuerst wollte sie mir ein Schulpferd zuteilen: „Maria, du kannst den Scout haben."
„Äh … ich bin Romi und ich habe ein Pferd."
„Ach, natürlich! Ja, dann hopp, hopp, du solltest doch schon auf dem Pferd sitzen."
„Nee, ich habe erst um sechzehn Uhr Reitstunde."
„Ach so …"
Celine und ich lachten lauthals los, als wir um die Ecke waren und unsere Pferde zu striegeln begannen.
Später, als wir in die Halle kamen, waren bereits unsere zwei Mitreiter da, Marie mit Dornröschen und Jacqueline mit Astronaut. Mehr waren es heute nicht. Lag vielleicht am Eisregen, ich habe mich selbst zweimal fast auf die Nase gelegt, als ich zum Stall geradelt bin.
Isabell guckte uns nach dem Traben prüfend an. „Hier stimmt doch was nicht. Reitest du nicht sonst Dornröschen?", fragte sie Celine.
„Nee? Immer nur Snoopy."
„Hm", meinte Isabell. „Dann tauschen wir jetzt mal rum. Man muss auch mal andere Pferde reiten. Also zackig – Pferdetausch."
Das kannte ich noch aus meinen Schulpferdestunden, aber

nicht mit meinem eigenen Pferd. Und ich wäre wohl eifersüchtig gewesen oder hätte protestiert, wenn Isabell nicht Celine auf Zora gesetzt hätte.

Dafür bekam ich Astronaut, Marie Snoopy und Jacqueline Dornröschen.

Astronaut ist ein netter Fuchswallach, ein schweres Warmblut und so langsam wie meine Oma. Da meine Oma tot ist, kann man sich ausmalen, WIE langsam Astronaut war.

Ich hatte alle Mühe, den faulen Wallach überhaupt im Trab zu halten, während Celine mit Zora kämpfte. Die stand nämlich in der Mitte und tat gar nichts.

„Wie machst du das immer?", fragte Celine mich.

„Ich glaube, die mag einfach nur keine fremden Reiter", antwortete ich. „Sie muss sich an dich gewöhnen."

„Dann bitte schnell, sonst habe ich eine Stehstunde statt einer Reitstunde!"

Marie hatte mit Snoopy ebenfalls Probleme, sodass Isabell einschreiten musste, denn Snoopy rannte, wie von der Tarantel gestochen, im Stechtrab durch die Halle.

„Du darfst nicht so klammern mit den Beinen. Das kannst du bei Dornröschen machen, aber Snoopy findet das blöd!"

Und Jacqueline versuchte, Dornröschen irgendwie hinter Astronaut hervorzulocken, denn die hatte sich einfach hinter mich geklemmt und wollte dort auch gar nicht mehr weg.

„Meine Damen", rief Isabell genervt. „Wir sind doch hier nicht beim Kaffeekränzchen. Ein bisschen mehr Elan. Ihr habt doch alle mal andere Pferde geritten. Und du, Marie, reitest Schulpferde, du kennst das doch. Ich glaube, das müssen wir öfter machen, wenn ihr euch so anstellt."

Ich hab's wirklich versucht! Aber Astronaut war so faul und langsam, wahrscheinlich hat der mich ausgelacht, während ich mich abmühte.

Ich starrte ein bisschen sehnsüchtig zu Zora, die mittlerweile auch trabte. Nur nicht auf dem ersten Hufschlag – sie weigerte sich hartnäckig, ihn auch nur zu berühren, sodass Celine wüste Verrenkungen machen musste, um sie irgendwie zu dirigieren.

Isabell sagte zu uns: „Wir reiten jetzt zum Schluss noch ein bisschen Abteilung, dann ist Feierabend." Als sie mich sah, fügte sie hinzu: „Wir galoppieren auch nicht."

Gut. Astronaut, diesen Panzer, konnte auch niemand galoppieren. Aber vermutlich hatte Isabell auf Zora angespielt und ihre nette Unart, die Abteilung aufzumischen.

Aber Zora durfte nach vorn. Und Snoopy dahinter. Dann Jacqueline, dann ich.

„Nicht den Anschluss verlieren", mahnte mich Isabell.

Wie?! Unmöglich mit dieser Schnecke.

Normalerweise kürzt man ja, wenn man ein langsameres Pferd hat, die Ecken ein bisschen ab, damit man besser bei den anderen bleibt. Ich musste die ganze Bahn mit einem Zirkel abkürzen, weil Astronaut immer langsamer wurde, bis er schließlich stehenblieb, den Schweif hob und zu äppeln begann.

Da war die Abteilung aber schon gefühlt bis nach China geritten und Isabell beschloss: „Die anderen bitte aufschließen, wenn ihr das nächste Mal an Hermine vorbeikommt."
Wer zum Geier ist Hermine? Niemand heißt – außer bei Harry Potter – Hermine!
Als die Abteilung zu mir aufschloss, hatte ich Astronaut endlich wieder in den Trab gebracht. Nur um an der langen Seite die Ziehharmonika zu machen: Astronaut bremste, Zora lief ihm hinten drauf und BUMM – alles stand.
Beim nächsten Pferdetausch nehme ich jedes Pferd, nur nicht Astronaut!

05. Dezember

„Komm mal mit." Das war das Erste, was Herr Albrecht heute zu mir sagte. Kein: „Hallo, wie geht's?" Oder so was. Nur: „Komm mal mit."
Ich hatte Zora gerade am Strick und war verwirrt, weil ich doch eigentlich nur longieren wollte.
Herr Albrecht ging mit mir auf den Parkplatz, wo ein offener Hänger stand.

„Führ sie mal rein“, befahl er und ich ging mit Zora zur Rampe, vor der sie irritiert stehenblieb und erst mal schnupperte. Ich wusste gar nicht, ob Zora schon mal mit einem Hänger gefahren ist.
Ich nahm den Strick etwas kürzer und ging voran. Zora stellte einen Huf auf die Rampe und sah mich kurz an. Ich drehte mich schnell wieder um, weil Pferde es nicht gerne mögen, wenn man sie anstarrt.
Zora schnaubte zwar ein wenig aufgeregt, wackelte mir aber hinterher. Als ich vorn im Hänger unter der Stange hindurchging, war ich ganz verwundert. Damit hätte ich nie gerechnet: Zora war super artig. Es schien sie gar nicht zu stören. Also klar, so ganz geheuer war es ihr nicht, aber Panik machte ihr der Hänger auch nicht. Schließlich merkt man immer sofort, wenn sie etwas nicht mag, sie meldet sich da sehr zuverlässig.
„Super. Lob sie und dann kannst du wieder runter.“

„Okay“, rief ich, lobte sie und tippte gegen Zoras Brust, damit sie rückwärtsging.
Das Ausladen passierte allerdings ein wenig schneller als das Einladen. Zora sauste die Rampe wieder runter. Ich wusste gar nicht, dass Pferde rückwärts so schnell sein können. Zora kann. Mit Raketenturbo.
Als Herr Albrecht das sah, musste ich gleich noch mal mit ihr auf den Hänger. Zora ließ es zu, war aber schon ein bisschen genervt, das merkte man ihr an. Sie versteht nicht, warum sie Dinge üben soll, für die sie schon ein Lob bekommen hat,

schließlich heißt das ja, du hast alles richtig gemacht. Und wieso sollte man es dann NOCH richtiger machen?
Ich ging insgesamt dreimal auf den Hänger und anschließend sehr schnell wieder raus, bis Herr Albrecht zufrieden war. Warum ich Zora überhaupt in den Hänger stellen sollte, wusste ich immer noch nicht.
Herr Albrecht sagte auch nichts, er ging einfach hinter mir her zum Putzplatz und wartete, bis ich Zora angebunden hatte. Manchmal ist er ein ganz schöner Kauz.
„Hör mal, auf dem Reiterhof der Breuers gibt es ein Weihnachtsturnier nächstes Wochenende. Möchtest du da den Reiterwettbewerb mitreiten? Isabell hat noch einen Platz im Hänger frei und nachnominieren kann ich dich auch. Ich dachte, weil du doch das Hofturnier verpasst hast, würdest du bestimmt gerne mitmachen."
„Was echt? Ja klar!", rief ich.
Ich konnte gar nicht glauben, dass ich jetzt plötzlich doch noch ein Turnier reiten durfte. Ich hatte mich eigentlich schon damit abgefunden, dass das wohl erst im nächsten Jahr was wird. Herr Albrecht ist der Beste!

„Frag deine Eltern und dann kannst du Sonntagmorgen mit Isabell fahren. Es geht schon um acht Uhr los."
Das war mir egal. Ich wäre auch um sechs auf dem Platz gestanden, nur um mitmachen zu können. Ich weiß ja schließlich auch, dass Turniere im Winter so gar nicht auf Bäumen wachsen.
Ich rief statt meiner Eltern direkt Celine an, die loskreischte: „Ich komm mit! Als dein TT."

„TT? Was soll das sein?"
„Turniertrottel. Ich halte dir den Steigbügel und die Bürste und was du sonst noch brauchst. Außerdem sorge ich dafür, dass du immer schön aussiehst und nichts machen musst außer reiten."
„Du bist die Beste", sagte ich. „Ich frage Herrn Albrecht und dann machen wir unser Turnier."
„Super. Hoffentlich wirst du mindestens Zweite. Damit wir beide Schleifen haben."
Muss ich jetzt nur noch Isabell und meinen Eltern verklickern. Ich hoffe mal nicht, dass das zum Problem wird, weil ich Celine schon gerne dabeihätte.
Als ich zu Hause ankam, suchte ich sofort meine Mutter, die gerade damit beschäftigt war, unsere Fenster winterlich zu schmücken. Papa hatte neue Lichterketten dafür gekauft (im Sommer) und sie alle in eine Tüte gesteckt und in den Keller gestellt. Meine Mutter saß seufzend auf dem Boden und entwirrte die Lichterketten.
„Mama, kann ich am Sonntag ein Turnier reiten?"
„Können kannst du das bestimmt. Willst du nicht wissen, ob du darfst?"
Das ist so eine typische Elternantwort. Wenn man was nicht ganz ausformuliert, dann bekommt man die. Ätzend.
„Darf ich denn?"
„Wir wollten da eigentlich zu Tante ... ach, weißt du, dann fahren wir doch lieber auf dein Turnier!" Sie zwinkerte mir zu. „Da haben wir alle mehr Spaß."

Puh. Zum Glück! Ein Tag bei Tante Thea ist ein verlorener Tag.
„Klappt denn mit Zora alles?"
„Ja, ich war eben auf dem Hänger."
„Brauchst du wieder diese Abteilung?"
„Äh … nee."
Also ja, die Abteilung gibt es natürlich schon, aber ich hatte keine Lust, meiner Mutter das noch mal zu erklären. Komplizierte Angelegenheit manchmal, wenn Eltern nicht reiten.
„Gut, dann fahren wir dahin. Ich sage Papa Bescheid, dass er Tante Thea absagt. Hoffentlich will sie nicht mit, die hat sich ja auch letztes Mal einfach zum Abendessen eingeladen," meinte ich. Wir lachten beide darüber.
„Dann trainier die Tage noch fleißig", sagte meine Mutter und machte sich wieder an die Arbeit. „Es freut mich übrigens, dass du jetzt wieder mit Feuereifer dabei bist."
„War ich immer."
„Ja, aber ich habe gesehen, dass du unsicher wurdest. Weißt du, eine Mutter mag so etwas nicht sehen. Die möchte ihr Kind glücklich haben."
„Wolltest du deswegen Zora verkaufen?", platzte es schließlich doch noch aus mir heraus. So lange hatte ich es mir verkniffen.
Sie schaute ein bisschen schuldig und sagte dann lächelnd: „Kann schon sein."
„Aber ich wäre nie glücklich ohne Zora."
„Weiß ich doch, mein Schatz. Manchmal ist deine Mama auch ein bisschen blöd, weißt du? Das

ist es ja. Man macht sich sehr viele Sorgen um sein Kind und merkt gar nicht, dass es eigentlich alles selbst regeln kann."
Ich gab meiner Mama einen Kuss und sagte ihr, dass sie nicht blöd sei. Jedenfalls gerade nicht.

07. Dezember

Celine darf mitfahren und meine Eltern kommen auch zum Zugucken! Damit wird das Turnier eine wichtige Angelegenheit, weil ich mein eigenes Publikum mitbringe.
Ich habe also heute noch mal mit Herrn Albrecht die Aufgaben aus dem Reiterwettbewerb geübt und Zora hat sich kein einziges Mal aufgeregt, hat nicht versucht, die anderen Pferde zu beißen oder ist sonst negativ aufgefallen. Ich wertete das mal als gutes Zeichen und Herr Albrecht sagte auch: „Dann reite sie nur noch ganz normal, aber nicht mehr die Aufgaben. Nachher lernt sie die auswendig und wenn dann irgendwas nicht so ist wie immer, regt sie sich nur auf."
Fand ich einleuchtend. Zora mag es gar nicht, wenn etwas anders ist als sonst. Letztens hat sie sich tierisch darüber aufgeregt, dass die blaue Tonne vor der dritten Box links weg war, an der wir jeden Tag vorbeigehen. Mir ist das erst gar

nicht aufgefallen, erst als mein Pferd mich bis nach Timbuktu geschleift hat, hab ich das bemerkt.

Ich habe Celine per WhatsApp grünes Licht gegeben, dass sie mein TT sein kann. Ich freue mich wirklich riesig auf das Turnier. Vielleicht kann ich ja wirklich was gewinnen. Und Ramona ist garantiert auch nicht dabei, ich habe nämlich im Stübchen gehört, dass sie irgendeinen Kurs an dem Wochenende besucht.
Es war quasi gar nicht zu überhören, denn sie hat es im ganzen Stübchen rumgeblökt. Immer begleitet von: „Der hat mal bei OLYMPIA teilgenommen. Lady Love will ja schließlich gefördert werden."
Bin mir dabei nicht so sicher. Lady Love wirkt eher, als wenn sie wollte, dass man sie in Ruhe lässt. Nachhaltig und für immer. Die ist ständig so nervös, dass man selber schon ganz zappelig wird, wenn sie nur neben einem steht.
Als Ramona mich entdeckte, gab sie vor Marie und Jacqueline auch noch ein paar Geschichten über mich und meinen feigen Rückzug vom Turnier zum Besten, aber es interessierte mich überhaupt nicht mehr. Über die und ihre Geschichten war ich hinweg.
Laura sah mich ganz komisch an. „Willst du ihr nicht die Meinung sagen?"
„Nee. Sie lernt ja eh nichts draus. Soll sie nur machen, irgendwann halten die Leute sie für eine eingebildete, lügende Zicke. Das ist dann ihr Problem."

Laura lächelte weise. „Das ist die richtige Einstellung. Über solche Menschen soll man sich einfach nicht ärgern. Jede Minute, die man mit Ärgern verschwendet, ist eine schlechte Minute."

Für die Erkenntnis und mein „vorbildliches Verhalten", wie Laura das nannte, bekam ich ein Gratis-Käsebrötchen.

Celine und ich tauften es später, als ich ihr davon erzählte, das „Käsebrötchen der Anerkennung", das garantiert einmal die Oscars oder den Nobelpreis ablösen wird.

Zu Hause beim Abendessen fragte mich meine Mutter, warum ich so grinse.

„Ich hatte ein Gratis-Käsebrötchen", antwortete ich wahrheitsgemäß.

„Hä?"

„Ach, ist nicht so wichtig. Ich habe heute nur wieder dieses Mädchen gesehen, das mich immer ärgert, aber mich stört es mittlerweile nicht mehr, wenn sie Unsinn erzählt."

„Vermutlich ist sie neidisch", meinte meine Mutter.

„Nee, sie hat doch zwei Pferde", spulte ich meinen Standardsatz ab.

„Vielleicht reitest du besser?"

Kann eigentlich auch nicht sein, Ramona hat das Reitabzeichen und darf schon in höheren Klassen starten. „Nein."

„Vielleicht bist du beliebter als sie."

„Weiß ich gar nicht." Ehrlich gesagt, hat es mich nicht gekümmert, ob ich beliebt bin. Sondern nur, ob es meinem Pferd gut geht und ob ich damit klarkomme, wie Zora ist.

„Sagt sie denn sehr schlimme Sachen?"

„Sie hat eine blühende Fantasie", antwortete ich.

„Und was machst du, wenn sie Unsinn erzählt?"

„Nichts. Es stört mich ja gar nicht mehr."

Da war es wieder: „Das ist sehr erwachsen von dir."

Ich sagte ihr nicht, dass verschiedene Leute, inklusive mir, versucht hatten, Ramona die Leviten zu lesen. Das hätte nämlich weniger erwachsen geklungen.

„Du bist in letzter Zeit überhaupt viel erwachsener geworden. Ich habe viel weniger Sorge, wenn du im Stall bist."

„Danke", sagte ich dazu, weil mir nichts anderes einfiel.

09. Dezember

Morgen ist der große Tag. Ich bin furchtbar aufgeregt und kontrollierte Zoras Befinden ungefähr dreißig Mal, sodass sie mir beim einunddreißigsten Mal mit angelegten Ohren und gefletschten Zähnen entgegenkam: „Lass das endlich, du nervöses Wrack! Hier ist alles okay. Die Einzige, die nicht okay ist, bist du!"

Daraufhin ließ ich sie doch eine Weile allein, schon weil ich sie bereits longiert hatte. Celine musste mir anschließend fünf

Mal die Aufgabe für das Turnier vorlesen, weil ich sie immer wieder vergaß.

Irgendwann verfrachtete mich Celine auf die Tribüne und meinte: „Du sitzt jetzt hier, bis du dich wieder abgeregt hast. Sonst sieht Zora morgen aus wie Snoopy. Mit Leberwurstrolle. Willst du das?"

Mir graute es schon davor, Zora wieder einzuflechten. Ich blieb also eine Weile auf der Tribüne sitzen.

Als Celine fand, dass ich jetzt ruhig genug war, gingen wir zu Zora und holten sie raus. Dieses Mal flochten wir zu zweit ein, was deutlich besser funktionierte, weil es schneller ging.

„Hoffentlich hält das", meinte ich und zog ihr die Decke wieder über.

Nachdem Zora das geschniegeltste Pferd im Stall war, fuhr ich nach Hause und machte meine Eltern noch ein bisschen bekloppt, aß außerdem die gesamte Schokolade aus dem Apothekenadventskalender und fragte meine Mutter ungefähr Tausend Mal, wann sie mich wecken und ob sie das auch wirklich machen würde. Eventuell bin ich gerade ein anstrengendes Kind. Müssen sie durch.

10. Dezember – morgens

Turnier! Turnier, Turnier, Turnier, Turnier, Turnier, Turnier. Turnier, Turnier, Turnier. TURNIER .... TURNIER!

11. Dezember – mittags

Hier kommt der offizielle Bericht von meinem Turnier. Und weil ich es spannend machen will, schreibe ich nicht vorher, wie es ausgegangen ist. Vielleicht finde ich mein Tagebuch in fünfzig Jahren und weiß selber nicht mehr, wie das Turnier war, und bin ganz überrascht. Ich bezweifle allerdings, dass ich DAS jemals vergessen werde. Wahrscheinlich werde ich noch als uralte Großmutter irgendwelchen Kindern erzählen: „Jungchen, damals, als ICH noch Turniere geritten bin …“

Äh … wo war ich?
Ich gab Mama eine Wegbeschreibung zum Reiterhof der Breuers und radelte in aller Frühe im Dunkeln zum Stall, wo Isabell bereits mit Calypso, ihrem Jungpferd, wartete. Bei Breuers gibt es nämlich besondere Aufgaben für Jungpferde.
„Da bist du ja, Manuela.“ Hatte ich was anderes erwartet? Nein.
Ich rannte zu Zoras Box und sah, dass mein Pferd noch heile war. Keine Kolik, kein lahmes Bein, nicht explodiert, alle Zöpfe noch dran und vor allem mit heiler Decke.
Ich holte zuerst Sattel und Trense, dann kam mir auch schon Celine entgegen, die mir alles abnahm.
„Ich bin der TT, schon vergessen?“, rief sie fröhlich.
Also konnte ich nur sinnlos herumstehen und mich noch ein bisschen beruhigen. Was quasi nichts brachte.
Zora stand ruhig in ihrer Box und sah mich an. Hoffentlich ist sie gut drauf, dachte ich.
Sie gähnte ausgiebig und schüttelte sich einmal, bevor ich sie aus dem Stall holte und zum Hänger brachte. Zora stieg souverän ein und Calypso war bereits drin, sodass wir ohne Probleme losfahren konnten.
Celine hatte unterdessen meinen halben Pferdebesitz in Isabells ultradreckiges Auto gebracht. Ehrlich, ich weiß gar nicht, wie sie darin sitzen kann. Im Auto lagen McDonalds-Tüten,

Plastiktaschen, zwei Hosen, eine Gardine mit Spitzen, eine Gardinenstange, ein leeres Aquarium, drei Halfter, zwei Satteldecken, ein Ballen Heu, eine mumifizierte Maus, ein Sack Futter und wahrscheinlich auch noch eine Leiche, aber die sah man unter dem Müll nicht.
Celine und ich mussten uns auf den Rücksitz in den Krempel quetschen.
„Sorry, ist etwas unaufgeräumt", meinte Isabell.
Etwas? ETWAS? Ich war froh, dass ich, als wir bei Breuers ankamen, Celine wiederfand unter all dem Wust.
Der Hof von Breuers ist viel größer als unserer und hat drei Hallen und mehrere Plätze, zudem noch eine Führmaschine und eine total schöne Einfahrt mit Allee und Kies. Wir rumpelten allerdings mehr schlecht als recht darüber, denn Isabell fuhr Auto wie ein betrunkenes Eichhörnchen. Zweimal habe ich gedacht, ich müsste sterben.
Bei Breuers war alles irgendwie ein bisschen schicker als bei uns, aber das störte mich nicht. Ich mag unseren Stall, so wie er ist. Hier würde ich mich auf Dauer wahrscheinlich nicht so wohlfühlen, auch weil ich fast nur Erwachsene sah, die auf dem Hof herumliefen und Pferde von A nach B führten.
Wir luden aus und sofort kam eine Frau zu uns, die fragte, wer wir seien, um uns dann Gästeboxen zuzuweisen. Ich kam mir total elegant vor, als ich Zora in eine der Gästeboxen brachte, die hübsche Messingtäfelchen als Namensschilder hatten. Bei mir stand allerdings nur „Gast" und mit Kreide eine Nummer.

Celine lud meinen ganzen Krempel ab, dann überlegten wir es uns aber anders und brachten alles wieder zum Auto, weil es im Stall keine Möglichkeit gab, die Sachen unterzubringen. Zora ließ sich gar nicht stören, die schnappte sich direkt das Heu in der Box und mampfte. So entspannt hatte ich sie selten gesehen.
„Dann gehen wir mal einen Kaffee trinken", schlug Isabell vor und führte uns in das Stübchen, das über der einen Reithalle lag. Dort waren bereits ein paar Sprünge aufgebaut. An der Bande hingen Weihnachtskränze und sogar Sponsorentransparente.
Ich nahm zwar keinen Kaffee, sondern nur einen Kakao, aber immerhin beruhigte ich mich etwas. Auch weil die anderen Leute hier nicht so eine große Welle ums Turnier machten. Es gab sogar ein paar Happen zu essen und offenbar kannte Isabell einige Reiter hier, denn sie quatschte mit jedem. Ob sie sich wohl deren Namen merken kann?
„Ich muss euch bald allein lassen. Kommt ihr zwei klar?", fragte sie uns.
Natürlich, sie hatte ja gleich Prüfung.
„Können wir zugucken?", fragte Celine.
„Ja, gerne. Ich glaube, ihr könnt sogar von hier zusehen. Ich denke mal nicht, dass das Springen in einer anderen Halle aufgebaut ist."
Irgendwie begann ab da, mein Zeitgefühl zu spinnen. Plötzlich war Isabell weg und wir waren ganz allein unter den fremden Reitern, die sich aber gar nicht daran zu stören schienen.

Zum Glück sahen wir dann auch ein paar Kinder in unserem Alter, die ebenfalls schon Turnierklamotten trugen. Irgendwie war ich mir nämlich komisch vorgekommen, weil sonst nur ältere Leute da waren.
Unter uns in der Halle begann die Springprüfung für Jungpferde und Celine und ich sahen begeistert zu, wie die ersten Sprünge gemacht wurden. Als Isabell dran war, klatschten wir, auch wenn sie uns nicht hören konnte. Calypso, eine junge braune Stute, benahm sich tadellos und ging fehlerfrei durch den Parcours.
Leider konnten wir nicht weitergucken, weil meine Mutter anrief, um zu sagen, dass sie jetzt da seien.

Celine und ich holten meine Eltern ab und führten sie ein bisschen im Stall herum, auch wenn wir uns selbst nicht gut auskannten. Dabei warf ich auch einen Blick in die Halle, wo gerade eine Jungpferdeprüfung in der Dressur lief. Die Richter saßen vorn in einem abgetrennten Bereich, wo auch die Zuschauer waren.
Auch hier gab es Weihnachtsdekoration und am Eingang standen sogar zwei richtige Weihnachtsbäume mit Kugeln. Na, hoffentlich waren die aus Plastik, falls da mal ein Pferd zu nah dran vorbeiging.
Wir quatschten mit meinen Eltern, ich wurde immer nervöser und irgendwann sagte Celine: „Du musst langsam satteln."
War es wirklich schon so spät? Gefühlt war ich doch gerade erst aus Isabells dreckigem Auto gekrochen.

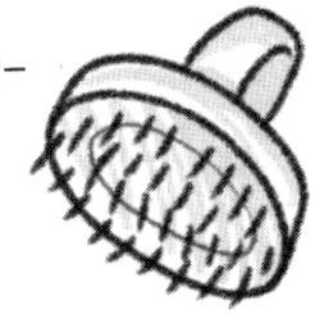

„Ich sattle, du ziehst dich um", kommandierte Celine und ich drückte meine Mutter kurz, schwebte davon und tat genau das. Ich habe jetzt schon keine Ahnung mehr, wie die Toiletten bei Breuers aussahen oder wie der Weg dahin war. Ich muss aber wohl alles gefunden haben, denn als ich wiederkam, hatte ich meine Turnierkleidung an und saß plötzlich auch auf meinem Pferd, auf der Suche nach dem Abreiteplatz.

Den fand ich hinter der großen Turnierhalle. Es war eine kleinere Halle und wir mussten einen ziemlich matschigen Weg entlanggehen, weswegen Celine sich ein Handtuch holte, damit sie mich vor der Prüfung noch mal abwischen konnte.

In der Halle waren noch ein paar andere Pferde, allen voran eine auffällige Scheckstute, welche Zora böse anschaute. Und Zora guckte genauso böse zurück. Ohren nach hinten, Kopf hoch. Kenne ich gut. Das macht sie, wenn sie ein Pferd nicht leiden kann. Die Schecke konnte sie leider genauso wenig leiden.

„Ha", machte die Reiterin. „Da haben sich ja zwei gesucht und gefunden." Sie war ein nett aussehendes, rothaariges Mädchen.

„Mag deine auch keine anderen Pferde?", fragte sie mich.

„Nee. Sie ist da sehr wählerisch", sagte ich der Wahrheit entsprechend.

„Haha, meine auch. So ist Zora eben."

„Heißt dein Pferd echt Zora?", fragte ich blöde.

„Ja, wieso?"

„Meins auch."

Das Mädchen lachte sich fast kaputt. „Wie Zwillinge, die nach der Geburt getrennt wurden. Guck nur, wie böse sie sich anschauen."

Wir kicherten beide.

Das ist ja mal ein Ding. Gut, Zora ist jetzt nicht so ein kreativer Name, aber ich habe den auch nicht ausgesucht. Sie hieß schon so. Und Pferde umbenennen, bringt Unglück.

„Bist du auch gleich mit in der Abteilung?", fragte ich das Mädchen.

Sie nickte. „Das wird bestimmt lustig, wenn sie uns beide ankündigen."

Während ich Zora aufwärmte, hielt ich aber doch ein bisschen Abstand zu der anderen Zora. Ich weiß nicht, ob es meine Zora störte, dass da noch ein Pferd so hieß wie sie, oder warum sie ausgerechnet dieses Pferd so wenig mochte. Manchmal ist sie eben doch sehr komisch.

Oh Mist! Es ist schon total spät und ich habe Mama versprochen, dass ich noch Brot holen gehe. Verdammt. Jetzt bekomme ich nur noch das Harte, was keiner mehr wollte. Ich schreibe später weiter!

11. Dezember – abends

Habe übrigens kein Brot bekommen, weil die Bäckerei schon zuhatte. Zur Strafe gab es labberiges Knäckebrot und jeder weiß, dass Knäckebrot knacken muss, sonst schmeckt es nicht. Da haben auch zehn Kilo Frischkäse nichts genützt.

Weiter im Text! Ich war also in dieser Halle, machte meine Zora warm und hielt mich möglichst weit von der anderen Zora entfernt – ebenso wie das Mädchen mit den roten Haaren von meiner Zora. Ich musste ein bisschen darüber lachen, dass wir gleich die Situation haben würden, dass zwei Leute unbedingt hinten reiten wollten. Normalerweise schlagen sich alle immer nur um den Platz vorn.

Celine erschien am Eingang der Halle und deutete auf ihr Handgelenk. War mir nicht sicher, was sie meinte. Entweder: „Du bist gleich dran!" Oder: „Ich habe keine Uhr an, wie spät ist es?"

War auch egal, denn ich konnte mich an den anderen Pferden orientieren, die irgendwann, auf ein geheimes Signal hin, plötzlich alle in den Schritt verfielen und Richtung Ausgang ritten. Ich beeilte mich, ihnen zu folgen, hielt aber immer noch etwas Abstand zu Schecken-Zora.

Celine lief mit dem Handtuch hinter mir her und wischte mir einen Schlammspritzer vom Stiefel. Hinter dem Matschweg gab es dann zum Glück wieder Beton und wir mussten auch noch mal kurz stehenbleiben, bevor wir einreiten konnten, sodass Celine noch schnell über Zoras Beine wischen konnte.

„Hätte ich mal daran gedacht", sagte ein anderes Mädchen auf einem Haflinger, das sich gerade umgedreht hatte.
„Ich kann auch bei dir eben drüberwischen", bot Celine an.
Es endete damit, dass Celine allen Pferden noch mal den Matsch abwischte, weil niemand daran gedacht hatte. Sie war definitiv die Heldin des Tages und alle boten ihr an, ihr nach dem Ritt eine Cola auszugeben.
Ha. Ich habe eben die beste aller besten Freundinnen!
Dann war es so weit. Wir ritten ein. Ich hörte einen Ansager meinen Namen nennen, aber ich nahm quasi nichts mehr wahr. Dafür nahm Zora aber etwas wahr: die Tannenbäume. Sie blieb ruckartig stehen (zum Glück war ich sowieso hinten) und machte einen langen Hals. Ich konnte ihr linkes Auge sehen. Groß. Glubschig sage ich immer dazu. Das macht sie, wenn ihr etwas nicht geheuer ist. Sie schnaubte empört und beeilte sich dann, von den Tannenbäumen wegzukommen. Ich ahnte Böses. Immerhin standen die Bäume bei A. Wenn ich also einen Zirkel mit der Abteilung ritt, dann würde ich direkt daneben entlangreiten müssen.
Wir bildeten im Schritt eine Abteilung, bevor wir aufmarschierten. Währenddessen konnte ich sogar meine Eltern entdecken und winkte ihnen mal kurz verstohlen zu. Ich weiß, dass man das nicht tut, aber einmal ist bestimmt nicht verboten und auch nicht schlimm.
Wir trabten an. Ich ganz hinten. Schecken-Zora vor mir. Ebenfalls mit einem roten Bändchen im Schweif. Aber der machten die Tannenbäume nichts, wie ich bei der ersten Runde fest-

stellte. Das war jetzt aber kein Kunststück, sie war ja auch hier zu Hause. zu Hause kennt meine Zora auch alles (Okay, das heißt nicht, dass sie sich nicht trotzdem aufregen kann). Zora jedenfalls wich auf den zweiten Hufschlag aus und war durch nichts in der Welt dazu zu bewegen, wieder in Richtung Bande zu gehen, weil die beißenden Tannenbäume dort auf sie warteten.

Bei uns zu Hause hätte ich ihr, auf Anweisung von Herrn Albrecht, mal ein bisschen deutlicher gesagt, wo ICH gerne lang will. Aber das sehen die Turnierrichter nicht gern. Also musste ich krumm und schief irgendwie dagegensitzen und den äußeren Zügel irgendwie dranlassen und mit dem inneren auch noch Parade geben, um etwas zu erreichen. Es hatte allerdings keinen Effekt. Zora fand die Tannenbäume blöd.

Bei der nächsten Runde machte sie einen Hüpfer in die Mitte, bevor wir die Hand wechselten. Auf Höhe der Richter, bei C, verhielt sie sich vorbildlich, sodass ich kurz einen Blick in Richtung Celine wagte. Die war aber gar nicht mehr allein vorn, sondern stand neben Simon, der mich anlächelte. Wo kam der denn her?

Ich hatte keine Zeit, mich zu wundern, weil es schon wieder auf die Tannenbäume zuging. Bereits ein paar Meter vorher wurde Zora schief und lief regelrecht seitwärts an den Bäumen vorbei. Schecken-Zora vor mir schien angesteckt worden zu sein, denn die hatte plötzlich auch die Tannenbäume entdeckt.

Es wurde durchpariert zum Schritt. Nun war der Einzelgalopp dran. Der fand zum Glück auf dem oberen Zirkel statt, sodass die Richter immerhin sehen konnten, dass ich keine Nulpe war. Dann allerdings kam der Abteilungsgalopp. Und was dann passierte, war so zoratypisch, dass es mich eigentlich nicht hätte wundern sollen. Als das Kommando „Abteilung Galopp, Marsch" kam, machte sie einen riesigen Satz vorwärts, warf den Hintern hoch, pupste und rannte los wie ein Rennpferd auf Abwegen. Vor mir war allerdings noch Schecken-Zora, die sich vor meiner Zora fürchtete und zur Seite sprang. Damit hatte meine Zora freie Bahn und ich war viel zu überrascht, um darauf zu reagieren. Zora düste los, versuchte, sich hinter dem Haflinger an der Bande vorbeizuquetschen, weswegen der auch noch losdüste.

Dann kamen die Tannenbäume und Zora zog nach innen, wo sie dann in einen wahnsinnig schnellen Galopp verfiel und ich wirklich Angst hatte, dass wir uns gleich auf die Nase legen würden. Ich hörte jemanden rufen, aber ich sah schon nichts mehr. Ich nahm einfach nur den inneren Zügel ganz kurz und zwang Zora so, immer kleinere Volten zu gehen, bis sie schließlich schnaubend und kopfschüttelnd neben einem der bösartigen Tannenbäume anhielt.

Als ich mich umsah, war ich allein. Die restlichen Pferde waren durch das offene Tor geflüchtet. Nur der Haflinger war noch da und kaute an einem der Tannenbäume.

Mann, war das peinlich! Die müssen ja alle denken, ich wäre zu blöd zu reiten.

Die Richter zitierten den Rest der Abteilung zurück, schlossen das Tor (Warum stand das überhaupt offen?) und ließen uns noch den letzten Teil der Aufgabe absolvieren. Von da an benahm sich Zora zwar (und plötzlich waren die Tannenbäume vergessen), aber ich konnte in etwa erahnen, welche Bewertung ich bekommen würde.
Die Quittung für Zoras Verhalten kam prompt. Sechster und damit letzter Platz. Eine Salatschleife. Das Mädchen mit dem Haflinger gewann. Schecken-Zora wurde Fünfte.
„War wohl nichts", meinte die Reiterin schulterzuckend zu mir.
„Nee", antwortete ich traurig.
„Ist doch nicht schlimm. Wir sind doch hier, um zu üben. Es ist doch ganz normal, dass es nicht immer gut laufen kann."

Das war also mein erstes Turnier. Schöne Wurst!

12. Dezember

Heute war echt ein merkwürdiger Tag. Auch wenn das Mädchen von der anderen Zora natürlich recht hat: Ich habe mir mein erstes Turnier irgendwie besser vorgestellt. Wenigstens

platziert. Einfach ... ein bisschen mehr. Ein bisschen schöner. Ein bisschen ... ach, ich weiß es auch nicht.
Als ich heute im Stall war, kam Simon auf mich zu und fragte: „Alles gut bei dir?“
„Ja ... nee ...“, gab ich zu.
„Wieso? Wegen des Turniers? Aber das ist doch nicht schlimm.“
„Na, aber kennst du das nicht? Du übst und übst und egal, was du machst, es ist nicht mal ansatzweise gut genug?“
„Wieso? Ich fand das sehr gut.“
„Was ist denn am letzten Platz sehr gut?“
„Du warst das erste Mal auf einem Turnier. Du bist nicht runtergefallen, obwohl das echt wüst aussah. Und du hast Zora beigebracht, dass sie mit ihrem Theater nicht weit kommt. Darauf kann man doch aufbauen.“
„Kann man so sehen, aber die anderen Reiter haben es ja auch hinbekommen“, meinte ich.
Simon lachte. „Na, meinst du, die waren von Anfang an perfekt? Bei dir in der Abteilung waren drei Kinder mit Schulpferden, eines mit Privatpferd und eines mit seiner Reitbeteiligung. Und die sind alle schon mal Turniere geritten.“
„Woher willst du das wissen?“
„Kann man im Internet nachgucken.“
„Echt?“
„Ja, logisch. Meinst du, ich lüge dich an, damit du dich besser fühlst?“
„Vielleicht?“

Simon sah mich für einen Moment verwirrt an, lachte dann aber wieder, als er mein Lächeln sah. Tatsächlich fühlte ich mich etwas besser.

„Weißt du, Wievielte Isabell bei ihrem ersten Turnier war?"

„Nein."

„Letzte. Ihr Pferd ist über die Absperrung vom Viereck gesprungen, und bei so was wird man abgeklingelt und bekommt nicht mal eine Note. Oder Mama. Die hatte eine 4,8 bei ihrer ersten Dressur und ihr wurde geraten, sich ein anderes Pferd zu holen. Sie hat nicht aufgegeben und ist nachher mit Charlie bis M platziert gewesen."

Ich fühlte mich noch ein bisschen besser.

„Oh, übrigens, ich bin bei meinem ersten Springen gar nicht weiter als bis zum zweiten Sprung gekommen, weil Charlie dreimal verweigert hat. Dabei kann der das sehr wohl, meine Mutter hat ihn bis A gesprungen. Mit Peggy hab ich's gar nicht erst versucht. Vielleicht mache ich das nächstes Mal. Ich möchte wenigstens einen Parcours mal zu Ende reiten."

„Warum erzählst du mir das?", fragte ich.

„Weil du das wissen solltest. Sagt dir ja sonst keiner. Die anderen werden behaupten, dass du noch mehr üben musst und dich einfach mehr hättest anstrengend sollen. Das stimmt aber nicht. Du hast schließlich ein Pferd. Das hat seinen eigenen Kopf und auch mal einen schlechten Tag. Das kann man nicht kontrollieren und darauf darf man auch nicht sauer sein."

„Ich bin ja auch nicht auf Zora sauer, sondern auf mich."

„Musst du aber gar nicht. War eben nicht euer Tag. Außerdem ist es doch so viel spannender. Dein Pferd ist eben was Besonderes. Sie macht nicht immer, was du willst. Na und? Dann bleibt ein Turnier wenigstens was Spezielles. Genau wie dein Pferd. Kennst du diese Leute, die jedes Wochenende auf einem Turnier sind und für die das absolute Routine ist und die immer dasselbe abspulen, schon wissen, was dabei rauskommt und es immer weiter- und weitermachen? Das ist doch langweilig. So würde ich nie werden wollen."

Nachdem wir uns verabschiedet hatten, dachte ich über Simons Worte nach, während ich Zora auf dem Paddock beobachtete. Ja, gut ... irgendwie war schon was dran. Vielleicht hatte ich mir auch einfach zu viel ausgemalt und von Zora zu viel erwartet. Sonst finde ich nämlich nichts schlimmer, als Leute, die immer nur die perfekte Leistung erwarten.

Und es stimmt auch, dass Zora natürlich ihren eigenen Kopf hat. Vielleicht muss ich es wirklich mehr so nehmen wie die Reiterin von Schecken-Zora. Für die schien das alles okay zu sein. Ich nehme jetzt zwei Weisheiten mit: Nicht mehr in Hallen mit Tannenbäumen reiten. Und: Lächeln und weiterreiten. Niemand kann wirklich über sein Pferd bestimmen, wenn es das nicht will. Das muss man akzeptieren und respektieren. Und dass Zora ihren eigenen Kopf hat, wusste ich von Anfang an. Sie ist eben ein Chaospferd. Und wenn sie das nicht wäre, hätte ich sie vermutlich auch gar nicht so lieb.

23. Dezember

Tja, was kann man denn in den letzten Tagen des Jahres noch so erzählen? Ich freue mich wahnsinnig auf Weihnachten, weil ich hoffe, dass mir meine Eltern den Basispasslehrgang mit Option zum Reitabzeichen schenken. Endlich!

Ansonsten habe ich heute geholfen, den Weihnachtsbaum zu schmücken, aber aufgrund meiner Schusseligkeit mussten drei Kugeln und ein Glasengel dran glauben und ich wurde mit: „Willst du nicht ‚Ostwind gucken'?", vor den Fernseher verbannt.

Tja, was gibt es sonst noch zu erzählen? Simon ist im Moment viel beim Stall, weil seine Familie wohl über Weihnachten bei den Albrechts bleibt. Er hat mir angeboten, zwischen den Feiertagen mit seiner Mutter und ihm ausreiten zu gehen – ich glaube, das mache ich auch. Schon weil Peggy immer lieb ist und Zora nicht. Man muss ja schließlich üben. Behaupte ich. Eigentlich verbringe ich aber auch sehr gerne Zeit mit Simon und will das nur nicht zugeben. Also vor Celine nicht. Doch in meinem Tagebuch kann ich das ja schreiben.

Aber auch sonst habe ich mir vorgenommen, mehr zu üben. Und viel mehr als Übung anzusehen. Vor allem, wenn was nicht klappt. Dann hat man es wenigstens versucht. Außerdem möchte ich ja mein Reitabzeichen machen. Das habe ich ganz fest geplant und das will ich unbedingt.

Und ich wollte noch berichten, dass ich Zora Pferdekekse zu Weihnachten gebacken habe. Hoffentlich freut sie sich morgen

darüber. Schade, dass man Pferde an Weihnachten nicht auch zu sich nach Hause einladen kann. Schließlich gehört Zora ja quasi zur Familie. Ich kann sie auf jeden Fall besser leiden als Tante Thea.
Wäre doch lustig. Mit Pferd unterm Tannenbaum. Aber wenn ich daran zurückdenke, dass sie mit Tannenbäumen eigentlich auf Kriegsfuß steht, überlege ich das doch lieber noch mal.
Gerade während ich das schreibe, ruft Celine schon wieder an. Die Arme langweilt sich echt tödlich. Ich rufe gleich zurück, ich will aber noch Tschö sagen. Tschö Tagebuch. War schön mit dir. Dein Ersatz wird dann live dabei sein, wie ich mit Zora hoffentlich doch mal irgendwann ein Turnier gewinne. Oder zumindest mein Reitabzeichen mache. Ich habe schließlich noch was vor. Zora und ich können nur besser werden. Außerdem kommen nächstes Jahr die Jungpferde aus der Eifel zurück. Zoras vorletztes Fohlen ist auch dabei. Ich bin schon ganz gespannt auf ihn.
Himmel, Celine ist hartnäckig. Aber beste Freundinnen lässt man besser nicht warten.
Gehabe dich wohl, Tagebuch. Tschö mit ö.
Romi